Paradise
FRANCE-SHOIN-BUNKO

年上淫情アルバム

女教師と人妻と先輩と

赤星優一郎

JN286203

フランス書院文庫
〜パラダイス〜

Paradise
FRANCE-SHOIN-BUNKO

年上淫情アルバム

女教師と人妻と先輩と

目次

年上淫情アルバム

女教師と人妻と先輩と

フランス書院文庫
〜パラダイス〜

プロローグ

サクラミサキ……。
その名前を初めて耳にした瞬間、俺の心の中には桜が満開に咲き誇っていた。
名は体を表わすって、昔の人は上手いことを言ったものだと思う。
だってそうだろう?
本当に彼女は桜の花のように美しいんだから。
きっと彼女の身体って、桜餅みたいな甘い香りがするのだろうなあ。
おっと、時間だ。くるぞ、くるぞ……美咲さんが出てくるぞ……。
写真学部二回生の山田光太は、ひたすらシャッターチャンスを待っていた。
手には一眼レフカメラ、愛機のニコン。生ぬるい汗が腋の下ににじんでくる。

ここは芸術大学の屋上。午後の陽射しがキャンパスを明るく照らしている。

お目当ては佐倉美咲。演劇学部の四回生で女優志望だ。

だが、彼女はキャンパスのマドンナ。光太のようなカメラ小僧など相手にされるわけもない高嶺のお姉様である。

であるから、遠巻きに望遠レンズで狙うしかなかった。

言ってみれば盗み撮りである。

（いつかは堂々と声をかけて、彼女をモデルに写真を撮ってやる……）

そうは思えど、なにせ光太は女に対してからっきし意気地がないときている。

盗撮なんてカメラマンの風上どころか風下にも置けないという自覚はあるのだが、結局は屋上でカメラを構えているのが光太の日課だった。

（おっ！　出てきた、出てきた……）

すかさず体を低くして、金網の下から望遠レンズを突きだす。

ファインダーをのぞきこみ、中庭にあふれだしてくる学生たちに照準を定めた。

（み、美咲さんだっ！）

光太はすぐに美咲の姿を発見した。アフリカの大草原で、水牛の群れの中に一頭だけインパラがまぎれこんでいるようなものだった。

それほど、彼女は際立って美しいのだ。

淡い水色のワンピースを身にまとったスレンダーな肢体。しなやかに伸びた手足はすらりと細く長い。しかも、素肌は色がぬけたように雪白く輝いている。

（な、なんて可愛いんだろう……）

美しい顔にフォーカスを合わせて、光太は食い入るように見つめた。

小作りな丸顔の中で、ひときわ印象的なのが大きな瞳である。

きらめく星々をにじませた黒目は、まるで極小のプラネタリウムのようで、無防備に眺めていると思わず吸いこまれそうになる。

小さいけれど筋の通った鼻。薄い上唇とは対照的にぽってりと愛くるしい下唇。

いつでも湯あがりみたいな桜色の頬と、艶めくセミロングのストレートヘア。

華やかな美形であるのに、美咲にはお嬢様然とした清楚な初々しさがあった。そこがまた、男の純情をどうしようもなくくすぐるのだ。

初めて美咲をキャンパスで見かけた時の衝撃。

あれはもう一年以上も前のことなのだが、光太には忘れられなかった。

そして、彼女が年上だと知って憧れは加速した。美咲は四年生。来春には大学を卒業してしまう。残された時間が少ないだけに、恋心も激しく燃えあがった。

（はあぁ……夢の中でだって、あんなにキュートな女の子は見たことがないよ）

遠くから見守っているだけなのに、甘いときめきで窒息してしまいそうだ。

しかし、いつまでも見とれている場合ではない。グズグズしていると彼女は視界から歩み去ってしまう。

屋上から標的までは距離にして四、五十メートル。気分は非情にして冷酷なサバンナの密猟者……かといえば、さにあらず。

バクバクと早鐘を打った心臓が今にも口から飛びだしそうになる。カメラのグリップを握る手のひらも汗ばんできていた。

カシャ！　カシャ！　カシャ！

シャッターを連続で切る。

身体を舐めまわすように望遠レンズを上下させる。

着衣の内側まで激写してやろう。そんなスケベ根性丸だしのアングルだ。

カシャ！　カシャ！

美咲の華やかな顔に人懐っこい笑みがこぼれだす。天使のような笑顔だった。

（おおっと！　シャッターチャンス！）

と思いきや、彼女が駆けだした。友人から声をかけられたようだ。

その姿を逃さぬよう、必死にレンズで追いかける。

だが次の瞬間、光太はあえぐように息を吐きだし、目をまん丸に見開いた。

（はっ！　な、なんてワガママなボディなんだっ！）

鼻息でファインダーが曇ってしまいそうだった。

駆けだした美咲の胸元がプルンプルンと奔放に波打っているからだ。

清らかな面立ちとほっそりとしたプロポーション。そこからは想像もつかぬほどに豊かなボリュームの乳房だった。

(いつか必ず、美咲さんのヌードを撮影してやるぞ……)

そう考えたとたん、ジーンズの中で暴れん棒が一気に膨らみはじめる。

不甲斐ない持ち主のせいで、生まれてこのかた二十年もの長きに渡って未使用なのだから無理もない。

(ああ、ジュニアよ、耐えてくれ……後で俺が楽にしてやるからな)

光太はギンギンにいきり勃った不憫な息子を、なだめるようになでさすった。

この後、撮影したフィルムをプリントして速攻で帰路につき、美咲の笑顔にオス汁をほとばしらせるつもりなのだ。

カシャ！　カシャ！　カシャ！

遠ざかる後ろ姿に何度もシャッターを浴びせながら、光太は名残りおしそうに憧れの天使を見送った。

(はあ……俺、なにをやってるんだか……)

情けない気分でため息をついた、まさにその時だった。

「コウタ君、見っけた！」

「う、うわあぁっ！」

いきなり背後から声をかけられ、光太は素っ頓狂な声をあげて振りかえった。

驚いた拍子に、危うくカメラを落としてしまうところだった。

「ハトが豆鉄砲食らったみたいな顔しちゃって。いやねぇ」

「も、桃子先輩っ！」

しっかりと愛機を抱きしめながら、光太はまぶしそうに先輩を見つめた。

飯島桃子は大学ＯＢで、今や飛ぶ鳥をフラッシュで落とすくらいに勢いのある新進気鋭のプロカメラマンである。

近ごろはテレビや雑誌に登場することも多く、必ずといってよいほど「美人カメラマン」という肩書きで紹介され脚光を浴びていた。

「ど、どうして俺がここにいるってわかったんですか？」

「田中君から聞いたのよ。光太君なら屋上にいるはずだって」

「えっ!?　なんでアイツが……」

信じられぬといった表情を浮かべ、光太は気まずそうに口ごもった。

田中というのはやはり写真学部の二回生で、光太の親友である。しかし、美咲に寄せる恋心は、まだ誰にも打ち明けたことがないのだ。

「あら、新しいカメラ……」

光太が手にした真新しいニコンを、桃子が目ざとく見つけてくれた。

「はい、やっと手に入れました！」

光太の瞳が少年のようにキラキラと輝く。

一年間、来る日も来る日もバイトに明け暮れ、ようやく手に入れた宝物だった。

「ふふふ。新しいカメラを買ったくらいだから腕をあげたかしら？　これから、いい練習場所に連れて行ってあげるわね。私についていらっしゃい」

「ちょ、ちょっと待ってください。ど、どこに行くんですか？」

「いいから、いいから……どうせ望遠で盗み撮りでもしてたんでしょう」

そう図星を突かれてしまうと、それ以上は逆らえなかった。

桃子にがっちりと腕をつかまれ、引きずられるようにして光太は歩きはじめた。

大切なカメラを落とさないように気をつけながら……。

第一章 グラビアアイドル初めての撮影会

1

パシャッ！　パシャッ！

スタジオに何度もフラッシュがまたたく。

なにも知らされぬまま光太が連れてこられたのは、桃子の仕事場だった。しかも、これから雑誌のグラビア撮影がはじまるというではないか。

（こ、これがプロの現場か……）

驚きと興奮を隠しきれずに、光太は全身をブルブルと震わせた。

カメラマンを夢見る青年にとって、スタジオは夢のワンダーランドなのだ。

とりわけ目を引くのはスウェーデン製の高級カメラ、ハッセルブラッドである。

昨今のオートフォーカスやデジカメとは異なり、シャッター速度、絞り、ピント、すべて自分で決めるしかない。それだけに、撮影者の個性が反映される名機なのだ。

シュッポッ！

大きなシャッター音がスタジオに響く。なんと心地よい響きだろうか。

さらに、重厚に黒光りするカールツァイスの高性能レンズが、カメラ青年の憧れを刺激してやまない。

（はあ……俺もいつか、こういう機材に囲まれて写真を撮りたいなあ……）

物欲しそうにカメラをにらみつけ、深くため息をつく。

あれは光太が中学生のころのことだ。

両親を必死に説得して買ってもらったオリンパスの一眼レフ。自分専用のカメラを初めて手にした時の感激を、光太は今でも忘れずに覚えている。

引っこみ思案な少年は、写真が自分の気持ちを代弁してくれることを知って、急激にカメラにのめりこんでいった。

しかし、光太がプロカメラマンを目指すようになった動機はひどく単純だった。

可愛い女の子を撮ってみたい。とにもかくにも女の子にモテたい。

頭の中は、そんな不純な欲望で一杯なのだ。

「ほらぁ、光太君。ボケッとつっ立ってないで、露出計をこっちに向けて！」

桃子の声でハッと我にかえると、あわてて露出計を顔の前にかかげる。

光太は身の置き場所がないといった風情で、照明を浴びて立っているしかなかった。

モデルのスタジオ入りが遅れているため、リハーサルで代役を務めているのだ。

「右の照明、もう少しさげて！　ねえ、もっと光をくれないかな！」

後輩を一喝したかと思うと、てきぱきとスタジオマンに指示を出す。撮影現場での桃子はいつにも増して凜々しかった。

（も、桃子先輩……カッコいいなあ）

緊張でこわばった胸の内に、甘いハチミツのような憧憬がひろがっていく。

なにせ美人カメラマンと騒がれるだけあって、彼女はモデル顔負けの美しい面立ちをしているのだ。

整った眉と切れ長の涼しげな目元のせいか一見すると冷たい印象だが、ふっくらとした頰のラインに女性らしいまろやかさが表れている。

そして、なんといっても大きな口元がセクシーだった。

バラの花びらを合わせたような肉厚な唇が、グロスに濡れて赤く艶めいている。

（美咲さんも可愛いけど、桃子先輩も本当に綺麗だよなあ……）

光太はいくぶん遠慮がちに、しかし熱い眼差しで先輩を見つめつづけた。

今日の桃子は白いブラウスにヒップハングのジーンズ姿である。

ツンと突きだした形よいバストに、ついつい視線が吸い寄せられてしまう。ブラウスの襟元でY字の谷間がチラチラと垣間見えるためだ。

魅惑的なのはバストだけではない。デニムをパンと張りつめさせている太腿。くびれたウエストから突如として絞りだされたようにひろがった大きな熟れ尻。

小柄なコンパクトボディには、これでもかと女の媚肉がつめこまれ、成熟したフェロモンがムンムンと漂い立つようだった。

（こんなセクシーな先輩とだったら、戦場だろうと世界の果てだろうとついて行っちゃうだろうな）

光太はスタジオの中央に立ちつくし、先輩の麗しい姿に見とれていた。

確かに目の前にいるのは大先輩である。カメラの師匠と慕って崇拝しているといっても過言ではない。けれど、一人の女性として見れば確実にヒッティングゾーンだった。光太にとって二十八歳の綺麗なお姉様は、ど真ん中に近い絶好球なのだ。

もっとも、一人虚しく素振りをくりかえすしか能のない光太である。美女という名の剛速球は、さすがに腰が引けて打ちかえせるわけもないのだが……。

「光太君……ちょっとちょっと、こっちにいらっしゃい」

カメラ位置と照明が決まったところで、桃子の表情に笑みが浮かんだ。

笑うと八重歯がこぼれだし、目尻がさがって愛らしい表情になる。そのギャップがたまらなく魅力的だった。

「このカメラ、知ってるでしょう。使ったことはあるかな？」

「い、いえ……実際に近くで見るのは初めてです」

フラフラと桃子の横に立ち、神妙な面持ちでカメラと先輩の顔を交互に見つめた。

「じゃあ、せっかくだから試してごらんなさい」

「えっ？　い、いいんですか？」

光太は目をまん丸くして、喜びを驚きの声で表わした。

「ふふふ、さっきからずっとカメラを見てたでしょう。カメラに触りたいって、光太君の顔に書いてあったもの」

艶めかしく膨らんだ唇に笑みをたたえ、桃子はうんうんと美顔を振った。

（やったあ！　でも、どうして先輩は俺を仕事場に連れてきてくれたのかな）

美人カメラマンとして名高い桃子である。彼女に憧れる後輩はたくさんいるのだ。

それなのに、なぜ自分だけをヒイキしてくれるのか、光太は不思議でならなかった。

だが、そんなことなど今はどうでもよかった。

目の前には憧れのカメラ。隣りには憧れの先輩。こういうのを「両手に花」と表現するのは間違っているだろうか。

光太はうながされるまま、憧れのハッセルブラッドをのぞきこんだ。

「す、すごい……」

正方形のスクリーンに映しだされた立体像の美しさに思わず息を呑む。

「すごいでしょう。私も初めて使った時には感動で震えたもの」

桃子はそう言いながら、頬を寄せるようにしてファインダーをのぞいてきた。

（う、うわっ！）

一瞬、頬と頬が軽く触れ合った。

触れた箇所から発火したように、光太の顔は真っ赤に茹であがってしまう。

ウエーブのかかった栗色の髪がサラサラと頬をなでつけ、えもいわれぬ香りが媚薬のように立ちのぼってきていた。

しかも、濡れ輝く口元からは、ほのかにブルーベリーの香りがするではないか。

（あっ、そういえば先輩……ガムを噛んでいたっけな）

ヒクヒクと小鼻をうごめかして、甘美な匂いを鼻腔に集めた。

今まさに憧れの先輩が吐いたばかりの息を吸いこんでいるのだ。

（や、やばい……こんな時に勃っちゃいそうだ）

光太はモジモジと腰を引いた。下腹部がひどく熱かった。

しかし、後輩の窮状などお構いなしで、先輩は魅惑的な追い討ちをかけてくる。

「ほら、このリングで絞りとシャッター速度を調節するのよ」

右手に桃子の柔らかな手のひらが重なってきたのだ。

いくぶん汗ばんだ肌がしっとりと光太の手に馴染んでくる。真綿にくるまれるような心地よさだった。

(も、桃子先輩っ……)

刺激に弱すぎる欲棒が、ジーンズの中で悦びに震えながら硬化していく。

「ほら、リングをゆっくり動かしてみて」

「で、でも、せっかく調節したのに……」

「ふふ、いいのよ。そんなのすぐに合わせられるんだから」

さらに身体が密着して、後ろから抱かれるような姿勢になっていた。

「こうするのよ。わかるかしら……優しくね」

桃子の手が光太の手を導くようにリングをまわす。

じんわりと体温が伝わってくるのと同時に、柔らかな物体が光太の肘に押しつけられていた。

(ひゃああっ!　せ、先輩の胸が……)

ドギマギして後ろを振りかえろうとしたが思いとどまった。これほどの幸運を自ら中断するなんて馬鹿げているからだ。

カメラに夢中になっているフリをして、肘の先端に全神経を集中させる。

(こ、これが桃子先輩のオッパイかぁ……なんて柔らかいんだろう)

そう思ったとたんに、熱い血流が海綿体にゴゴーっと流れこんでいく。

それでなくても、今日は刺激が多い一日だった。童貞の精液タンクはリミットを越え、今にも破裂寸前である。

光太は露出を調節しながら、わざと肘を突きだしてみる。

「はぁん……」

顔の横で悩ましい声がかすかに響いた。

グニュリとつぶれた乳房が、しっかりとした弾力で肘を押しかえしてくる。

「あ、あああっ！　すいません。ついカメラに夢中になって」

光太は悪びれもせず、すかさず肘を離して謝った。

「ん……いいのよ。カメラも女の子も優しく扱わなくちゃね」

そう言って、桃子がセクシーな唇からチロリと舌をのぞかせる。

（ああ、今日は桃子先輩をオカズにシコシコさせてもらっちゃおうかなあ）

光太がそんな邪心に胸躍らせているその時だった。

「皆様、お待たせしました！　小田が入ります！」

突然、スタジオに男の声が響き渡った。

（モデルさんの登場かな。でも、小田って……誰なんだろう？）

とんだ邪魔が入ったものだと、恨めしげに入口に視線を向けた。

連れ立ってスタジオに現われた人たちの中、明らかに見覚えのある顔を見つけて、光太は一瞬自分の目を疑った。

(う、うそだろっ！　お、小田沙織じゃないかっ！)

今をときめくグラビアアイドルの登場に、光太は口をあんぐりと開けたまま立ちつくしていた。

2

「おはようございまーす」

軽やかに美声を弾ませて、小田沙織がスタジオに姿を見せた。

小田沙織といえば、テレビで見ない日がないくらいの超売れっ子だ。

写真集を出せば必ずミリオンセラー。表紙に写真が載るだけで雑誌の売り上げが伸びるという神話さえあるトップアイドルである。

(ま、まさか小田沙織の撮影だったなんて……俺って超ラッキーかもな)

光太は湧きあがってくる興奮を、生唾と一緒にゴクリと飲みこんだ。

「遅れてすいません。よろしくお願いしまーす」

可憐な微笑を振りまきながら、沙織がスタジオの中央に進む。

口角をキュートにつりあげた笑顔は、グラビアで目にする小田沙織そのものだ。

(ほ、本当に可愛いよなあ……まるで作り物みたいだ)

光太は初めて目にする実物のアイドルに、視線を釘づけにされていた。

なんといっても驚きなのが、小さな小さな顔である。大人の男性が片方の手のひらをひろげたら、顔全体が隠れてしまうかもしれない。

ゆで卵の殻をツルンとむいたようなスベスベの肌。ぱっちりとした黒目がちな瞳と重たげに震えるまつ毛。小さな唇は苺のようにぽってりと膨らんでいる。

(いや、テレビや雑誌で見るよりも、実物の方がずっと可愛いぞ……)

光太が胸ときめかせていると、あろうことか沙織がツカツカと歩み寄ってくるではないか。まるでテレビドラマでも見ているようだった。

純白のバスローブに包まれた肢体は、ドラマのワンシーンのように強く抱きしめたらポキリと折れてしまうのではないか。そう思えるくらいにスレンダーだ。

「お疲れ様です」

アイドルにいきなり声をかけられて、光太は面食らった。

(い、一体……これってどういうことだろう)

ドキドキしながら、沙織の端正な顔を熱っぽく見かえした。

すると、生アイドルは親しみのこもった表情で目くばせしてくる。

（お、俺……前に彼女と逢ったことあるのかな……）

目の前にいるのは間違いなく小田沙織だ。

見つめているだけで心臓が痛くなってしまうほどに愛くるしいトップアイドルだ。

一度でも逢っていれば、忘れるはずもない。

「なにやってんのっ！　沙織ちゃんと立ち位置を替わりなさい！」

桃子の声だった。

「あああっ！　ご、ゴメンなさいっ！」

顔から火が出るようだった。自分が沙織の代役だったことなどすっかり忘れ、舞いあがったままアイドルに見とれていたのだ。

（うわ、やっちゃったよ……俺ってアホだなあ）

光太は短髪をかきむしりながら、あたふたと後ずさりした。じんわりと嫌な汗が体中の毛穴から噴きだしてくる。

「光太君、露出計！　沙織ちゃんで調整し直すから」

「は、はいっ！」

光太はピーンと背筋を伸ばして、再び照明の中に飛びこんだ。汚名返上とまではいかなくても、先輩に恥をかかせてはいけないと思った。

しかし、すぐにスタジオの空気が一変した。

沙織がバスローブを脱ぎ去ったのだ。間ぬけなカメラアシスタントのことなど忘れ、誰もが大きく息を吸いこんだ。

(ふ、ふわああ!)

次の瞬間、鮮やかなオレンジ色の極小ビキニに、光太の瞳は射ぬかれていた。小さな三角定規くらいの布と細い紐が組み合わされた超セクシーな水着だった。

まさしく「ボン! キュッ! ボン!」の見事なプロポーションが、照明を受けて弾けるようにあふれだす。

(す、すごいっ! さ、さすが巨乳アイドル!)

脳天を張り飛ばされたような衝撃だった。

とろけるようにキュートな面立ちとは対照的に、大ぶりなメロンを二つ並べたような肉弾が、小さな布の中で重たそうにゆれている。

それは巨乳という言葉では到底言い表わせないような肉房だった。

言ってみれば爆乳だろうか。

これほどに巨大にして美麗な乳房を前に、理性を失わない男などいるはずもない。

光太は唇をヒクヒク震わせながら、爆乳の深い谷間に露出計を近づけた。

「こらっ、どこに露出を合わせてるの! 顔でしょ!」

「すっ、すいませんっ!」

またしても犯してしまった失態に、顔を真っ赤に染めて露出計をあげた。

スタッフからクスクスと冷笑が聞こえてくるような気がして、光太は亀が甲羅に頭を隠すように首をすくめる。

「気にすることないですよ。ドンマイ、ドンマイ」

そう小声で耳打ちしてくれたのは、誰あろう沙織だった。

愛くるしい瞳をキラキラと向けて、胸キュンな笑顔を見せてくれる。

（か、可愛いなあ……今日から俺は沙織ちゃんの大ファンになっちゃおう！）

なにせ女性に免疫のない光太は、とにかく惚れっぽい。

テレビでは天然ボケを売りにしているアイドルが、実際は思いやりのある感じのよい女性だと知るやいなや、光太の眼はハート型に変わっていた。

「それじゃ、本番に入りまーす。よろしく」

桃子のかけ声で、いざ本番撮影へ。スタッフの表情に緊張の色が走り、スタジオが静まりかえった。

その直後、光るフラッシュとシャッターシャワーが心地よいリズムで響き渡る。

「沙織ちゃん、なんだかすごく女っぽくなったわね。彼氏でもできたかしら」

モデルをリラックスさせるため、声をかけながら撮影するのが桃子のスタイルのようだった。

「あん、沙織ちゃんステキよ。そうそう、その表情……いいわ、可愛いわ」

桃子はモデルをよりセクシーに撮ることができるカメラマンとして定評があった。グラビアアイドル自身が飯島桃子を指名して撮影が決まる風潮さえあるのだ。

「カメラチェンジします。光太君、そこのライカ！」

「はいっ！」

光太は額に汗して必死にアシスタントを務めた。

先輩にダメなヤツと思われてしまうのが怖かった。それに、沙織の前でこれ以上は無様な姿を見せられないと思った。

（いつか俺も、桃子先輩みたいに売れっ子アイドルを撮影してやるぞ！）

熱い思いを胸に、アイドルの超絶ボディと桃子の凛々しい姿を何度も見比べる。

華やかな美の競演にスタジオのボルテージも徐々にあがっていった。そこに居合わせた誰もが、酔ったように緊密なライブ感に身をひたしている。

すると時おり、沙織にじっと見つめられている気がして、光太はオロオロしてしまう。セクシーなポーズをとるたびに、粘りつくような眼差しを送ってくるのだ。

（ま、まさかな……気のせいだよな……）

そうは思えど、アイドルの挑発するような視線にボーっと魅せられていた。

「どう、光太君。これがプロの現場よ。お勉強になるでしょ」

フィルムチェンジの最中、桃子が声をかけてくれる。

「は、はい。緊張しちゃって……でも、連れてきてもらって感謝してます」

「ふふ。そんなことはいいんだけどね。最後にフィルム一本、沙織ちゃんを撮ってみない？　いい経験になるわよ」

「えっ⁉」

光太は一瞬にして顔色を失った。

「光太君が撮ったものでも、出来さえよかったら雑誌に載るかもよ。ほら、グズグズしてないでトライしてごらんなさい」

ポンとカメラを手渡された。桃子の表情は後輩をからかっている風ではない。

（そ、そんなこと言われたら余計に緊張しちゃうよ……）

ライカの小さなボディがずっしりと重く感じられた。

「じゃあ、カメラマンチェンジしまーす！　よろしく」

スタッフがざわつくのを意にも介さないで、桃子が大きな声で言ってのけた。

（う、うわああ……ま、マジなんだ。ど、どうしよう）

いつかはアイドルを撮ってみたいと考えていた矢先のことだ。これは降って湧いたような好機だともいえた。しかし、こんなにも早く夢が実現するとは思ってもいなかっただけに、心の準備がまったくできていないのだ。

ブルーの背景紙をバックに、肌もあらわなビキニ姿の沙織がスタンバっている。

(お、俺が小田沙織を撮影するのか……し、信じられないよ)

光太はクラクラと立ちくらみを感じながら、ファインダーをのぞきこんだ。

ところが、ピントを合わせるどころか、緊張のあまりカメラを固定することさえままならない。

(光太さん、がんばって!)

沙織の瞳がそう語りかけてくる。

さらには新米カメラマンをフォローしようとでもいうのか、乳房をムギューっと中央に寄せてポーズまでとってくれるではないか。

それはまるで「沙織の乳房を好きにして」と訴えるかのような媚態だった。

(うっ、うわっ! ず、ズーム……)

懸命に手ブレを抑えてズームをかます。

突如として、極小ビキニに包まれた爆乳がどアップで迫ってきた。まさに鷲づかみできる距離に、白い媚肉がプルンと突きだされているようだ。

(ううっ……な、なんでこんな時に……)

その瞬間、本人の緊張などどこ吹く風で、光太ジュニアは遠慮を知らずに膨らんでいく。親の心子知らず、とはまさにこういう状況を言うのだろう。

光太はあわててカメラをさげて股間を隠し、そのまま立ちつくしてしまった。

「飯島さん！　スタジオ二十時までです！」

突然、スタジオマンの大きな声が響いた。

その声を合図に、スタッフがざわつきはじめた。

「おいおい、あのど素人は誰だよ？」

「スタジオ撮影なんてしたことないんだろう」

ヒソヒソ声が光太の耳にまで届いてくる。

それはそうだろう。どこの馬の骨とも知れぬ青年が、プロの撮影現場でブルブルと震えているだけなのだ。周りのスタッフが怒りだすのも当然だった。

（や、やばいな……ああ、最悪だ……）

光太はダラダラと脂汗を流しながらも、身動きがとれなかった。目の前でホワイトライトを浴びせられたかのように頭の中が真っ白になっていく。

「はい、オッケー！　お疲れ様でした！」

桃子が発した一声で、光太の撮影デビューはジ・エンドだった。

それにつづいてスタッフから「撤収」の声がかかる。

パツン！　パツン！　パツン！

次々とライトが消されるのに合わせて、光太の気持ちも暗く落ちこんでいく。

（せ、先輩……な、なにか声をかけてください）

すがるような思いで光太は辺りを見まわした。

しかし、桃子の姿はすでにスタジオから消えているではないか。

（ああ、この世の終わりだ……俺は史上最低のカメラマンだな……）

とりかえしのつかない醜態。周囲の冷ややかな態度。明るいスタジオから奈落の底へズドーンと突き落とされたような気分だった。

がっくりと肩を落とし、出口に向かってとぼとぼと歩きはじめる。

その時、背後から声をかけられた。

「カメラマンさん。すごく緊張してたみたい。大丈夫？」

振りかえると、バスローブを羽織った沙織が立っていた。

「撮影中にじっと見つめられて……沙織も困っちゃった……」

媚びるような眼差しが、妖しい光を帯びてキラリと輝いた。

「ねえ、よかったら……これから家に来ない？」

光太は一瞬たじろいで、勘ぐるようにアイドルの美顔を見かえす。

しかし、これほどの幸運をみすみす逃す男がどこの世界にいるというのだろう。

光太はしっかり愛機のニコンを持ち直すと、何度も首を縦に振っていた。

3

（これがアイドルの部屋かあ……）

落ち着かなげにソファーに腰かけて、光太はキョロキョロと室内を見まわした。

淡いピンク色のカーテン。壁に飾られた花模様のタペストリー。光太の横にちょこんと座っている大きな熊のヌイグルミ。

ひろいリビングには、女の子らしい雰囲気があふれている。

二十歳そここの女性が一人で暮らすには贅沢すぎる高級マンションだが、沙織の収入を考えれば、むしろ控え目なのかもしれない。

「お待たせ。私だけシャワー浴びちゃって、ごめんね」

Tシャツにショートパンツという無防備ないでたちで沙織が現われた。

メイクを落とした素顔は、少女のようなあどけなさが残っていて実に可愛らしい。

ほんのりと桃色に色づいた肌にドキリとして、光太は視線をそらしてしまう。

「光太さん、ビール飲むでしょう？　つき合ってね」

「は、はい。いただきます……」

愛想笑いをかえしたつもりが、緊張で頬が引きつる。

缶ビールを光太に手渡してから、笑顔の沙織が立ったまま缶を高くかかげた。

「じゃあ、カンパーイ！　お疲れ様でした」

その拍子に、胸元で砲弾のようにズンと突きだした乳房がプルプルと震えている。

（う、うそみたいだ……あの小田沙織と部屋で二人っきりだなんて……）

ドキドキしていた。目の前にいる湯あがり美人は超売れっ子アイドルなのだ。

光太はカーッと体が火照るのを感じて、ビールを一気に喉へと流しこんだ。からっきし下戸の光太でも、今日はまったく酔えそうになかった。

「光太さんってカメラマンの卵なんですってね」

そう言いながら沙織が横に腰かけた。

「は、はあ……一応……」

ショートパンツからあふれたムチムチの太腿。洗いたてのスベスベな艶肌。ウブな光太は気もそぞろで、ついついチラ見してしまう。

「桃子さんがすごく才能を買ってるみたいだったよ。あの子は今に化けるって」

「桃子先輩、そんなこと言ってたんですか？　でも、今日はドジばっかりしてたから、先輩に呆れられてしまったかも……」

スタジオでの失態を思い出し、光太は一転してしょげかえった。

「誰だって最初から上手くなんてできないもの。沙織だってね、デビューしたてのころは全然売れなくって……」

「そ、そうなんですか？」

「うん……写真集のサイン会に来たお客さんが、スタッフよりも少なかった時は、芸能界をやめて田舎に帰りたいって本気で思った」

当時を思い出したのか、その言葉には屈辱感がにじんでいる。

（沙織ちゃんにも、そんな下積み時代があったんだ……）

順風満帆でトップアイドルになったと思っていただけに、光太には意外だった。

「パンチラ営業って言ってね、イベントで下着を見せるのが仕事だったころもあるの。書店で大声張りあげて写真集を手売りしたこともあったな……」

一見、華やかに見える芸能界の裏で、目に見えぬ苦労を重ねながら沙織は今の地位を勝ち得たのだ。

苦そうにビールを口にするアイドルに、光太はなにか声をかけたかった。

「俺、沙織さんの写真集を全部買います！　バイト代をつぎこみますよ！」

鼻息荒く宣言した。熱血漢の血が騒いだのだ。

「うふふ。光太さんって思った通り……すごく優しいのね。でも、そんな無理しなくていいの。学生さんなんでしょ」

「いや、あはは……本当はフィルム代を稼ぐためバイトに明け暮れてます」

「でしょう。光太さんみたいな頑張り屋さんを見かけたら、声をかけたくなるんだ」

沙織が身体をすり寄せるようにして、光太の顔をのぞきこんだ。

洗いたての髪からシャンプーの香りが漂って、鼻腔を甘く酔わせる。

「それで俺なんかを誘ってくれたんですか？」

「そう。すごく落ちこんでいたみたいだから心配になっちゃって……少しでも光太さんが元気になってくれたらいいなって思ったの」

沙織は可愛らしく眉根をひそませ、光太の様子をうかがっている。

（ああ、なんていい子なんだ……俺を励ますために家に呼んでくれるなんて）

光太は急に目頭が熱く火照るのを感じた。

「でも……でも、今は超売れっ子ですよね」

泣いてしまわないようあわてて話題を転じる。

「うん……でも、いいことばかりでもないの。ここだけの話だけど、天然キャラは事務所やマネージャーと相談して作ったんだ。だから実際の私と小田沙織は別の人……それに、事務所の方針で歳もちょっとだけサバを読んでるし……」

別段悪びれる様子もなく、沙織はビールで唇を潤してから言葉をついだ。

「結局は嘘でぬり固めて、裸を売っているようなものでしょう。周りからは色眼鏡で見られるし、地元では白い目で見られる。両親もこの仕事には反対したまま……」

アイドルの横顔はひどく寂しそうだった。

歳をごまかしていると聞いても驚かなかった光太だが、その寂しそうな表情にはグッと胸に迫るものを感じた。

「しかもね、事務所の社長からあと二年は恋愛もダメだって言われているの」

トップアイドルとはいえ、やはり年ごろの女の子なのだ。人目をはばからず、自由に恋だってしたいことだろう。

「でも、沙織はこのお仕事が大好きなの。光太さんもめげずに頑張ってね。頑張ったら必ずいいことがあるから」

「は、はい！　俺、必ず沙織さんを撮れるようなプロカメラマンになります！」

「嬉しい……約束よ。沙織、応援してるからね」

そう言って、素顔のアイドルがキュートな笑顔で光太の手を握りしめてきた。

（ああっ！　今すぐ沙織ちゃんを押し倒す勇気が俺にあったらな……）

いつものことなのだが、なにもできない自分の意気地なさが、光太には恨めしく思えてならない。

「実際の歳は二十二だけど、でもHカップっていうのは本当よ。もちろん天然物だからね……うふふ」

「え、Hカップ!?」

光太は弾けるように顔をあげ、思わず沙織のバストを見つめた。その凶暴なほどのカップサイズを知って、一瞬我を忘れたのだ。

「ああーっ！　その目は沙織の胸が作り物じゃないかって疑ってるでしょう？」

ぷっくりと頰を膨らませて、沙織はむくれ顔になった。

だが、クリンクリンの大きな瞳には媚びるような微笑が宿っている。

「あ、いや……う、疑うだなんて、そんな……」

顔を真っ赤にして、光太は首を横に振った。

「うそうそ。疑っているなら、触ってみて。本物なんだから」

沙織は一人でむきになって、光太の手を自分のバストに導いた。

「あっ！」

次の瞬間、手のひらに爆乳が押しつけられていた。

(ああっ！　小田沙織の……お、オッパイを触ってるんだ)

むっくりとジュニアが目覚め、たちどころにマックスまで膨張する。

「ほらね。柔らかいでしょう。もっとギュッとしてみないとわからないよ」

沙織の口調は真剣そのものだ。

(こ、こんなチャンス、普通は絶対にありえないよな……よおし……)

思いきって、乳房の重さを計るように手のひらを下から上に動かしてみる。それから、恐る恐る柔肉に五指を食いこませていった。

（こ、これは間違いなく天然物のオッパイだな……うんうん）

もっちりとした表面はマシュマロみたいに柔らかい。だが、沈みこんだ指先を跳ねかえすような心地よい弾力も秘めている。

「はあん……」

突然、アイドルの朱唇から吐息が艶めきもれた。

素早く沙織の表情をうかがう。だが、切なそうに眉を寄せるばかりで、彼女に拒絶しようとする意思はないようだ。

（だ、だいじょうぶ。小田沙織ファンの代表として、失礼して……）

調子づいた光太は明らかなセクハラ指戯で、アイドルの爆乳を揉みはじめた。

Hカップの柔肉が手の中でムギュムギュと形を変えていく。それに合わせて、沙織の瞳に潤みが増して、甘くとろけるように黒目が濡れ光る。

「い、いやん……光太さんのエッチ！」

沙織はいたたまれぬといった風に、悩ましげに上半身をよじらせた。

「あっ……す、すいません。つい調子に乗っちゃいました」

そう詫びつつも、内心ペロリと舌をのぞかせて、光太は柔乳から手を離した。

当然のように青茎はギンギンにいきり勃っている。ジーンズを突き破ってしまうのではないかと心配になるくらいだ。

「そうだ。スタジオでできなかった撮影のつづき……ここでやってみましょうよ」

気をとり直して、といった感じで沙織が口を開いた。

「へ？」

「沙織がモデルになってあげる。だからほら、カメラの準備をしてね」

スッと立ちあがったかと思うと、沙織は光太の見つめる前でTシャツとショートパンツを脱ぎ去ってしまう。

「う、うわっ！　さ、沙織さん……」

あまりのことに動転した光太は、目を白黒させて沙織を見あげた。しかし目のやり場に困るなどと言っている場合ではない。

（す、スケスケだっ！）

目を皿のように見開き、口までポカンと開けて、光太はフリーズした。

アイドルのはちきれそうな爆乳が、淡いピンクのレースに包まれている。だが、ブラにあしらわれた花の刺繍の隙間から、巨大な乳房の地肌が透けているではないか。

しかも、こんもりと女の丘が膨らんだピンクのショーツは、目を凝らせば茂みが青く浮きだして見えてきそうだった。

「いやだ……そんなに見つめられたら、やっぱり恥ずかしい」

沙織の白い頬に、ほんのりと恥じらいがにじみだす。

水着のハッラッとしたセクシーさとは違って、下着姿の媚態からは淫靡な香りが匂い流れてくるようだった。

(ああ、今すぐ沙織ちゃんを抱けたら、どんなにいいだろう)

光太の脳裏では思うさま爆乳を揉みしだき、太腿の間に顔を埋めて、アイドルの秘境を舐めまわしている自分が存在していた。

あらぬ妄想が肉棒を脈打たせ、にごった男汁がしこたま精巣に満たされていく。

「もう、光太さん。早くぅ。沙織を可愛く撮って。ねえ」

鼻にかかった甘え声で誘いながら、爆乳の谷間をこれでもかと見せつける。

(ゆ、夢みたいだ……小田沙織の下着姿を撮影できるなんて……)

震える指先で愛機のニコンをセッティングしてから、光太は律儀に頭をさげた。

「そ、それじゃ、よろしくお願いします」

「うん。こちらこそ。未来の名カメラマンさん」

どこかしら初々しい様子で言葉をかけ合い、二人だけの撮影会がはじまった。

ファインダーをのぞきこむと、そこには桃色アイドルがいる。

こらえようとしても、男の性ばかりはいかんともしがたい。こわばった肉棒がジーンズをこれでもかと押しあげてしまう。

(ふぅ……本当に今日は辛抱の一日だな。でも、アイドルをプライベートで撮影できるんだから、辛抱、辛抱……)

光太はへっぴり腰になりつつも、麗しい肢体に向けてシャッターを切った。

カシャ! カシャ! カシャ!

スタジオで感じたほどのプレッシャーはなかった。欲望の趣くまま沙織のセクシーショットを無我夢中で撮りつづける。

(ああ、沙織ちゃん可愛いよ……好きだよ! 最高だよっ!)

カメラマンとしての技巧も感性もへったくれもなかった。

スケベな視線を這わせるように、沙織の爆乳にズームで寄った。太腿もお尻も、そして股間にもどアップで迫った。

一方の沙織もさすがに巨乳アイドルである。

脱ぎっぷりもよかったが、男が悦ぶ媚態をしっかりと心得ている。次から次へとHカップを強調するようなポーズをとりつつ、光太に熱い眼差しを投げかけてくる。

いつしか、二人の呼吸は乱れながらもピッタリと重なっていた。

(た、たまらない……ここまできたら沙織ちゃんのヌードを撮ってみたい!)

光太は下着の中まで透けて見えろとばかりに、ファインダーの中を凝視した。

「ねえ、光太さん……ブラを外しましょうか?」

まるで光太のスケベ心を見透かしたかのように、沙織がボソリと言った。

その美声は、心なしか震えている。

「えっ⁉　で、でも……」

「ん、もう……光太さんは沙織のヌードを撮ってみたくないの？」

いきなりだった。沙織がブラジャーのストラップを肩から滑り落としたのだ。

（ふわああっ！）

若茎がブリーフの中でギュンと反りかえる。

Hカップの麗峰が、惜しげもなくさらけだされていた。

ヌード写真を公開していない小田沙織のまさしく本邦初公開、限定ヌードである。

「うわあっ！　き、綺麗だ……」

声を上ずらせながらファインダーをのぞきこむ。

あまりの美しさに、呼吸するのも忘れて見とれてしまっていた。

それも無理はない。平板な紙に印刷されたグラビア写真ではない、アイドルの生乳が目の前にあらわなのだから。

（こ、これが小田沙織の……オッパイなんだあ……）

華奢な上半身の中で、そこだけが独立したように肉の充実をみせていた。まるで、みずみずしいメロンが二つ、たわわに実っているようだ。

たっぷりとした量感を誇る乳房を、淡い赤褐色の乳輪が飾っている。やや大きめの円の真ん中には、アンバランスに小ぶりな乳首がツンとがっていた。

小田沙織のグラビアを穴が開くくらいに見つめ、乳輪や乳首を想像しながらシコシコやっている男たちが、日本にはどれほどいるのだろうか。

(それを今、俺だけが目にしているんだ!)

もはやファインダーをのぞいている場合ではなかった。

沙織の乳房をあますところなく肉眼に焼きつけなくては。とばかりに光太はカメラをおろし、まばたきするのも惜しんで瞳を凝らした。

4

「ねえ、光太さんのオチン×ン……ずっと大きくなったままよ」

潤んだ瞳で股間を見つめたまま、沙織がにじり寄ってくる。

「あっ……」

光太は小さく声をもらした。

沙織の乳房に見とれるあまり、モッコリが無防備に突きだされていたのだ。

「知っていたのよ。スタジオにいる時から、こんな風になっていたものね。沙織の身体を見て硬くしていたんでしょう」

震えるか細い指先が、股間の膨らみをおもむろになであげた。

「か、硬ぁい……」

「はあぁ！　さ、沙織ちゃん」

それまでガマンにガマンを重ねてきた肉棒だった。快美感が股間を貫いて、光太は腰が砕けたかのようにヘナヘナとソファーに崩れ落ちてしまった。

(ど、どうしちゃったんだよ……沙織ちゃんったら急に……)

呆然としている光太の太腿の間に、悩殺ボディが滑りこんできた。

白くまばゆい爆乳がプルンプルンと波打ち、小さな蕾が可愛らしく震える。

「あっ……ま、待って！」

その声には耳も貸さず、沙織はウエストボタンを外し、ジッパーをさげてしまう。

「だって、光太さん……すごく窮屈そうだもん。ね、腰をあげて」

沙織の熱っぽい瞳に見つめられると、魔術にかかってしまったようだった。

黙って腰を浮かせるのと同時に、ジーンズが脱がされる。

「あんん……こんなに濡れてる」

今にも泣きだしそうなほどに瞳をキラキラさせて、沙織が光太の顔を見あげた。

野太い輪郭がくっきりとブリーフに現われ、先端の部分に大きな濡れ染みがひろがっていたのだ。

（うわっ！　やっぱり、は、恥ずかしいっ……）

我がことながらに驚いて、光太は股間を手で隠したかった。

しかし、沙織は躊躇なくブリーフに手をかけ、一気に引きさげてしまう。

「ああっ！　す、すごいっ！」

次の瞬間、信じられないといった風に沙織が声をあげた。

凶々しく硬化した肉棒が、バネ仕掛けの玩具のように飛びだしていた。モワッという熱気とともに、むせかえるような男の臭いが漂いだす。

それは光太にとっても、驚きの光景だった。

アイドルの顔のすぐ前に、自分の勃起が突きだされている。しかも、沙織の顔があまりにも小さいため、ものすごい巨根になったように感じられた。

黒々と茂った密林から褐色の胴体が反りかえっている。赤黒くテラテラと輝いた亀頭の先端では、先走りがなみなみと溜まって、今にもこぼれ落ちそうだ。

「こ、こんなに……」

潤みきった瞳で勃起を見つめ、熱に浮かれたように沙織がつぶやく。

（さ、沙織ちゃん……ま、まさか……）

光太の胸の内に、スケベな期待感が甘く流れこんでくる。

「沙織に……責任をとらせてね」

言うが早いか、ぽってりとした唇から舌が伸びて、肉傘にヌルリと這わされた。

「あっ！」

ピクンと腰をくねらせて、光太はか弱くあえいだ。

桃色の舌先で粘液がすくいとられ、透明な淫ら糸がツツーと引き伸ばされていた。

（小田沙織が……アイドルが俺のチ×ポを舐めてくれるなんて……）

とてつもない感動の大波に、光太は天高く舞いあがるようだった。

超アイドルの可憐な唇と、童貞の汚れたイチモツがカウパー汁で繋がっている。こんな衝撃的なことが、世の中にあってよいものだろうか。

「あん、光太さんのオチン×ン……すごくエッチな匂いがしてるよ」

「えっ!? あっ、そ、それは……」

不潔なのだと指摘されたようで、光太は一瞬ひるんだ。

しかし、とろけんばかりにキュートなアイドルにフェラチオされたら、ホルモン臭がプンプン匂ってしまうのも当然だろう。

白濁したガマン汁が亀頭のくびれで匂っていた。沙織の舌が小刻みに動きながら、汚濁をペロペロと舐めあげていく。

「くうっ！」

初体験のフェラチオは、想像したこともない強烈な快感だった。亀頭を走りぬけた快電流が下半身から全身にひろがり、膝がガクガクと震えてしまう。

（でも……でも、どうして沙織ちゃんが俺なんかに……）

光太には理解不能だった。しかし、今こうしてアイドルがフェラチオしている光景は、夢でも幻でもなく現実なのだ。

「ねえ光太さん……沙織がオチン×ンを咥えている顔、撮影して」

うっとりとねだるアイドルの美貌は頬が赤く染まり、まぶたがトロンと垂れさがっている。沙織は明らかに欲情した女の表情に変わっていた。

「う、うん……」

光太はカメラをとりあげ、沙織と自分の股間に向けた。

興奮と快感のせいで、ひどく手が震えてピントが合わせられない。

そんな光太の焦りをよそに、ファインダーの中では根太い先端が沙織の唇に埋まりこんでいく。

（ああっ……俺のチ×ポが沙織ちゃんの口の中に……）

ズブズブッ……紅く色づいたみずみずしい果実のような口唇が、いやらしい形にパックリとひろがった。

カシャ！　カシャ！

太マラを呑みこんだアイドルの美貌にフラッシュを浴びせかける。

沙織は欲情した眼差しをレンズに向けたまま、必死に舌先を動かしている。

「うぐっ……はうん……ぐぐっ……」

いつしか、くぐもった沙織の声に、あえぎが混ざりはじめていた。

沙織は片手で若竿の根元を握り、もう一方の手を白い太腿の間で妖しくうごめかせているのだ。

(全国民のアイドル、小田沙織が……俺のチ×ポを舐めながらオナっている!)

そんな風に考えると、いやがおうにも興奮は高まり、さらにイチモツはビンビンに硬さを増していく。

沙織の秘所は見えていない。だが、その部分を指で愛撫していることは明白だった。愛液がクチュクチュと卑猥な音をたてるのが、光太の耳にも届いているからだ。

「ああ、沙織ちゃんのオマ×コから、いやらしい音がしてるよ」

思わず口走っていた。

「んくっ……写真を撮られている時は、いつも濡れちゃうの……」

沙織の身体が艶かしくくねった。透明な頬に赤味がさし、官能的な唇を半開きにしたまま腰を振りたてている。

ムチッと重なった白い太腿の合わせ目から、濡れた女の部分の芳しい香りが、ほのかに漂い流れてくるようだ。

「あんっ……でもね、光太さんに撮られていたら、いつもよりずっと濡れちゃったの。ほら見て……」

そう言うと、沙織はショーツに差しこんでいた手をぬきとった。

「うわぁあ……そ、そんなに……」

光太は驚きに目を見張った。顔の前にあげられたアイドルの細く長い指先。そこには透明な淫液がベットリと絡みついていたのだ。

「ねえ、沙織のも舐めて……」

沙織が濡れた指を見せつけるかのように、光太の鼻先に中指を近づけた。

（ああ、匂う……沙織ちゃんのマン汁がすごく匂ってくる）

クンクンと小鼻をうごめかせると、アイドルの恥臭が甘酸っぱい芳香を放って鼻腔を震わせる。

（も、もうたまらない……）

光太は沙織の手をつかむと、濡れそぼった中指をパクリと咥えた。

淫らな性臭が舌の上でネットリと溶けだし、喉へと流れ伝っていく。

（こ、これがアイドル沙織ちゃんの……オマ×コの味なんだ……ああっ）

ピチャピチャと音をたてて夢中で指を舐めまわす。

それに合わせて、沙織が股間に顔を埋め、ジュルジュルと先走りをすすりあげた。

（ううっ！　さ、沙織ちゃん……気持ちいいよ）

お互いの性器の味を同時に味わっているのだ。そう思うとたまらなかった。

こうなれば、迎えるべき結末はもう決まったようなものだ。

（よ、よしっ！　沙織ちゃんを俺の初体験の女性にするぞっ！）

光太は勢いこんで立ちあがろうとした。

しかし、沙織がすがるようにして光太の体をソファーに引き戻す。

「沙織が、光太さんをもっと気持ちよくしてあげる……」

悪戯っ子のような微笑を口元に浮かべ、アイドルが悩ましい美声でささやいた。

次の瞬間だった。沙織はふくよかすぎる乳房を両手で支えて深い谷間を作り、その中に猛った男根をはさみこんだ。

「パイズリって言うのよね。こうすると男の人は悦ぶのでしょう」

欲情しきった表情が、微笑で甘くきらめいた。

それから、乳肉でムギュッ、ムギュッと男根をしごきあげるではないか。

「ああっ！」

アイドルがほどこす性戯の卑猥さに、光太はクラクラとめまいをおぼえた。

Hカップの白い美肉の間を、黒い剛棒が往復する様子はあまりにも淫靡だった。しっとりと汗をにじませた谷間が、先走りの男汁でヌルヌルに濡れていく。

（な、なんてエッチなんだ。沙織ちゃんのオッパイがチ×ポ汁で汚れていく……）

さらに、乳房の谷間に見え隠れする亀頭に、沙織が舌をこすりつけはじめた。

「あああっ！　す、すごい……そんなこと……」

アイドルらしからぬ舌づかいに、光太は背中をのけぞらせてうめいた。

あごを引いて舌を大きくひろげて唇から差しだす。肉棒が上下するたびに、沙織の舌で亀頭がこすられ、唾液でベトベトに濡れテカっていく。

しかも沙織は亀頭を舐めまわしながら、光太の反応を上目使いに確かめようとしている。

そんなアイドルの艶めかしい媚態が、男の欲望を燃えあがらせないわけがなかった。

「さ、沙織ちゃん……」

切羽つまって言葉がつづけられなかった。

あまりの快感で、意識が遠のいてしまいそうなのだ。

（沙織ちゃん、お願い……俺を男にしてっ！）

そう言うつもりだった。

「いいのよ……沙織のお口に出したいんでしょう」

沙織はそう言うと、爆乳で肉棒の根元を絞りあげ、栗色の髪を打ち振って急所に激しく摩擦を加えはじめた。

ジュボッ、ジュボッ……淫らな音とともに、亀頭が口内に出し入れされる。

「ううっ！　そ、そんなにされたら……でっ、出ちゃうよっ！」

必死に暴発をこらえようとしたが、もう光太に余裕はなかった。

精巣の中で大量の精子がグルグルと泳ぎまわり、今か今かと精管から噴出する瞬間を待ちわびているのだ。

「いっぱい出してね。沙織のお口の中にたくさん出して……」

勃起から一瞬だけ唇を離して、沙織がささやくように言った。その肌は興奮からバラの花びらのような色に上気して、薄っすらと汗ばんでいる。

「あうっ……ううっ……」

再び濡れた勃起がアイドルの唇に吸いこまれると、光太は低くうめいた。

唾液が肉筒を伝い流れて、乳房の間でニチャニチャと卑猥な音をたてる。男臭がむせかえるように強く匂った。

「ああっ！　で、出ちゃいそうだ……ううっ……」

艶やかな栗毛で美貌が隠れてしまわないように沙織の髪を手でかきあげながら、必死に奉仕をするアイドルの顔をのぞきこむ。

（か、可愛い……ああっ！）

可憐な面立ちが極太の男根を咥えてゆがみきっていた。

額に汗まで浮かべ健気なほどに口唇で愛撫をくりかえしてくれているのは、まぎれもなく超売れっ子の爆乳アイドル小田沙織だ。

(沙織ちゃんの可愛いお口に俺のザーメンを……)

そう考えたとたん、ペニスがグンっと鋼のように硬くなった。

このままずっと、快感を味わっていたいと願わずにはいられない。だが、はじまってしまった痙攣を止めることなど不可能だった。

「沙織っ! 出すよっ! 出すよっ! あああああっ!」

全身がビクンと震えて、こらえきれずに沙織の名前を叫んでいた。

その刹那、体の奥から獣のような欲望の性汁が湧きあがってくる。

ビュッ、ビュッ、ビュッ……。

アイドルの愛らしい唇の内側で、ペニスがビクンビクンと幾度も弾けた。

熱い欲望のエキスが大量にほとばしり、沙織の喉に猛烈な勢いで流れこむ。

「ああっ……」

光太は熱い息を吐きだしてから、ソファーの背もたれにグッタリと体を預けた。

5

翌日の午後、光太は懲りずに校舎の屋上にいた。

(もう、沙織ちゃんとは逢うこともないだろうなあ……)

キュートな笑顔と爆乳が脳裏にちらつく。

結局、昨夜は童貞卒業を果たすことができなかった。

沙織は自分のヌードが写ったフィルムをちゃっかり光太から没収すると、芸能界の仲間が待つ夜の街へとくりだしてしまったのだ。

あちらは売れっ子の芸能人、こちらは一介の貧乏学生である。

(所詮、住む世界が違いすぎるんだよな……でも、すごくいい子だったなあ)

思わずニタニタと頬がゆるみ、鼻の下が伸びてしまう。

「おっ! 来た来た!」

時間通りに演劇学部棟から美咲が姿を見せてくれた。

今日は落ち着いた色合いの薄いグレーのブラウスに、細かいフラワープリントが散りばめられたフレアスカートだ。

肩を並べて美咲と一緒に歩いている女友だちも、充分すぎるほどに美人である。おそらく、彼女も女優志望なのだろう。しかし、美咲の美貌の前では、引き立て役にしかならないのが気の毒なくらいだった。

(やっぱり……美咲さんが一番だよな。うんうん)

金網の下の隙間から望遠レンズを伸ばして、美咲の麗しい姿にピントを絞りこむ。

すると、美咲が誰かに呼びとめられ、ちょうど振り向く瞬間が見えた。フレアスカートの裾がヒラリとひるがえり、艶やかな髪が風にたなびく。

まるでシャンプーのコマーシャルを見ているようだと光太は思った。

(そういえば、昨日も同じような光景を見たよな……毎日、美咲さんを見ていられるだけで俺は幸せだけどな……)

そんなことを考えてシャッターを切ろうとしたその時だった。

フレームの中に男の姿が入りこむ。西園寺満だった。

(ど、どういうことだっ!?)

西園寺は光太が密かにライバルだと決めつけているイケ好かない男だ。

父親は有名企業の社長で、ヤツはその御曹子。派手なスポーツカーを乗りまわし、常にとり巻き連中を引き連れて、構内を我がもの顔で闊歩しているのだ。

その西園寺が美咲に近づいて、なにやら親しげに言葉をかけている。

美咲がこの世のものとも思えぬような美貌を輝かせ、華やかな微笑を浮かべた。

(わっ! 美咲さん、そんなヤツに微笑みかけちゃダメだよ!)

シャッターを切るのも忘れ、ファインダーの中で成りゆきを見守った。

しかし、ほどなくして光太の顔からザーッと音をたてて血の気が引いていった。

(ち、畜生っ！　先を越された！)

美咲のまばゆいばかりの笑顔を、西園寺が撮影しはじめたのだ。

ギリギリと歯ぎしりしながら、思わず身を乗りだした次の瞬間だった。

「うわっ！」

望遠レンズの重みでカメラがグラリと傾いた拍子に、手を滑らせてしまった。

(なっ、なんでだよーっ！)

あわてて金網にしがみついたが、時すでに遅し。

屋上から落下した愛機がコンクリートの地面に叩きつけられる瞬間を、光太は胸が張り裂けるような思いで見つめているしかなかった。

第二章　未亡人女教師　あこがれが現実に

1

駅におり立つと、吐く息が白くにごる。

久し振りの帰省だった。愛機を失ったショックで、気がつくと北に向かう列車に飛び乗っていた。

光太は寂れて閑散としたホームから、生まれ故郷をあおぎ見た。

（な、懐かしいなあ……）

はるか遠くで紫色に煙る山々。その稜線が痛いくらい目に染みてくる。

山あいの田舎町で光太は育った。

幼いころからつらいことがあると、この風景を見て乗りきってきた。どんな悩みだって、雄大な山景に比べればちっぽけなものだと思えたものだ。

しかし、今回だけは、乗り越えられない巨大な山脈にぶち当たったようだった。

(はぁ……もう、カメラはやめようかな)

光太は視線を手元に落とすと、深くため息をついた。

手にはボディに亀裂が入り、無惨にひしゃげてしまった愛機のニコン。

光太の夢もカメラとともに音をたてて砕け散ってしまったような気がした。

(やっぱり、俺なんかがカメラマンになれるわけないよな。それに、東京だって向いていないのかもしれない……)

故郷に戻ってみたものの実家に足を向ける気になれず、光太はしばらく川べりの道を歩いた。

低い軒を連ねる昔ながらの街並み。どこまでもつづく川の清らかな流れ。道端に咲く名も知らぬ野の花……。

なにもかもが、今の虚ろな心には切ないまでに美しい。

この田舎町を写真に収めたい。そんな一心で、光太はカメラをはじめたのだ。けれど、それも今となっては遠い昔のことのように感じられる。

(そうだ……ここまできたんだから、中学まで足をのばしてみるか)

光太は、かじかんだ手のひらをこすり合わせながら、かつての通学路をとぼとぼと歩きつづけた。

（ああ……全然、卒業したころから変わってないんだなあ）

校舎の壁のひび割れや丈高い松の木々、裏手から響いてくる野球部員たちのかけ声。久し振りに訪れた学び舎は、昔と違わぬ姿で光太を迎えてくれた。

懐かしさのあまり、校庭に立って教室の窓を見あげてみる。すると、クラスメイトや教師の顔が次々とガラス窓に浮かんでは消えていく。

なかでも鮎川美菜子は光太にとって、唯一恩師と呼べるような人だった。その美しい面影を思うと、胸の内に湯水を流したような懐かしさがこみあげてくる。

美菜子は一年の時の担任だった。そして、光太が憧れていた麗人でもあった。いや、憧れというより、奥手だった光太少年の初恋の人なのである。

懐旧にひたっていると、突然声をかけられた。

「もしかして、コウタ君？」

聞き覚えのある声に、光太が驚いて振りかえった。

「やっぱり山田光太君なのね。懐かしいわ」

「あっ！　せ、先生！　鮎川先生じゃないですかぁ！」

あまりにも奇遇な再会に、光太は声を上ずらせていた。

今まさに美菜子のことを考えていただけに、嬉しさが倍増するようだった。

（そ、それにしても……先生、変わらないなあ）

再会の興奮が醒めないまま、光太は恩師の艶かしい姿に見とれてしまっていた。

中学を卒業した時、美菜子はちょうど三十歳だったはずだ。記憶が間違っていなければ、今は三十四、五ということになる。

しかし、張りつめたピカピカの肌や、メリハリのきいた豊かなプロポーションから二十代と自称しても誰にも疑われないことだろう。

美菜子は白いブラウスの上に、濃紺のタイトなスーツを着ていた。肉感的な腰まわりを、はちきれんばかりにフィットしたスカートが包んでいる。

髪が肩口まで短くなり、いくらか体型はふっくらとしたようでもあるが、そのせいか妖艶な魅力がさらに上乗せされた気さえしてくる。

「玄関を出たら光太君がいたから驚いたわ」

かつての教え子の成長に、妖艶な女教師は満足そうな笑みを浮かべている。

うりざね顔に流麗な眉。すっきりとした一重まぶたの目元。笑うと目尻が優しいカーブを描いて一本の線になる。ニッコリと笑う彼女の表情が光太は好きだった。

「今日はどうしたの？　確か大学の写真学部に進学したのよね？」

「あ、ご存知だったんですか」

「ふふ。可愛い卒業生のことだもの、知らないわけないでしょう」

美菜子はほんわかと温かい微笑で光太を包みこむ。

「それにね……光太君が卒業文集に書いたみたいにプロカメラマンになってくれたら、先生だって鼻が高いわ」

「そんなことまで覚えてくれているんですね……」

美菜子にとってみれば、光太は数多い卒業生の一人にすぎないだろう。それに、光太が三年の時の担任ですらなかったのだ。彼女がいかに教え子一人一人を大切に思ってくれているかが、わかるというものだ。

「あっ、いいカメラね……カメラのことは詳しくないけど、そのカメラが高価なものだってくらいは知っているわよ」

「はい、バイトでお金をためて、苦労して手に入れたんですよ」

憧れの恩師にカメラを褒められるのは、なににも増して嬉しかった。

そういえば、光太が初めてカメラを買った時も、美菜子に報告したのだった。その時の美菜子の笑顔が、まざまざと脳裏によみがえってくる。

「偉いわあ。昔から光太君は頑張り屋さんだったものね」

「でも……でも、壊れちゃったんです……」

光太は今にも泣きだしそうな声を出すと、校舎の壁にもたれかかった。

「一体、なにがあったの？　よかったら先生に事情を話してくれるかしら」

美菜子は豊かな胸に書類カバンを悩ましく抱きしめながら、教え子の表情をのぞきこんでくる。

目の前にいる優しい恩師にならなんでも話せるような気がした。そのふくよかな胸に甘えすがりたくなってしまう。

「実は……」

光太はこれまでのことをとつとつと語りはじめた。

スタジオでの失態やカメラを壊してしまった顚末……。もちろん、沙織との出来事や盗み撮りの件は、話すことができなかったけれど。

「そうなんだ……そんなことがあったのね……」

話を聞き終わった美菜子は、慈愛のこもった眼差しで教え子を見つめている。

「やっぱり、自分にはカメラマンは向いていないんじゃないかって……」

思わずもらした弱音に、美菜子の表情が急にけわしくなった。

「なにを言っているの⁉　ダメよ、そんなことで夢をあきらめては！」

カメラを持ったままかじかんだ光太の手を、美菜子がギュッと握りしめた。

「昔の光太君は、すごくひたむきだったわ。本当にカメラが好きで、新しい写真を撮ると、いつも私に報告に来てくれていたわよね」

もっちりと柔らかな手から温もりが伝わってくる。

「私……光太君の写真が大好きだったわ。君自身の優しい人柄が見えてくるようだったんですもの」

「で、でも……俺……」

光太はすっかりしょげかえり、恩師の美しい顔が見られずにうつむいた。

「先生……光太君がとっても心配だわ。もう実家には顔を出したの？」

「い、いいえ、なんか……家にも帰りづらくて……」

それを聞いた美菜子が、まろやかな頬に片手をそえて目をつぶった。

白く透き通ったまぶたが閉じられ、かすかに震えている。美菜子は少しの間、なにかを思案している様子だった。

おだやかで気品に満ちた面立ちが、光太には観音様のように見えてくる。思わず手を合わせて拝みたくなるようだ。そんな優しい美しさが憧れをよみがえらせる。

「こんなところで立ち話もなんだから、これから家にいらっしゃい。積もる話もあるし……それに光太君に見せたいものがあるのよ」

ウエーブのかかった黒髪をふわりとかきあげ耳にかける。美菜子の髪から、ほのかに甘く芳しい香りが漂ってきた。

「ほら、光太君……置いていっちゃうわよ。早くいらっしゃい」

言うが早いか、美菜子が先に立って歩きはじめた。

雄大とも思えるようなヒップが艶かしくゆれるのを眺めているうちに、美菜子の背中がいつの間にか遠ざかっていく。

「あっ！　先生……待ってくださいっ！」

光太は甘い香りをたどるように、妖艶な恩師の後ろ姿をあわてて追いかけた。

2

美菜子の住居は、こぢんまりとした間どりのアパートだった。

（ここが先生の住まいか。でも確か、先生は結婚していたはずだけど……）

食卓の椅子にぽつんと座り、部屋を見まわしながら光太は首をひねった。

鮎川夫妻といえば、昔から町内ではおしどり夫婦として有名だった。それなのに、どう見ても夫婦で暮らしている風には見えないのだ。

とは言え、きちんと片づけられた室内からは、彼女の几帳面な性格が垣間見えてくるようだった。暖色と白で統一された壁紙や家具には、上品でフェミニンな趣味が反映されている。

室内に満ちた恩師の甘い香りに、光太は緊張を高めていった。

「ごめんなさい。お待たせしたわね」

奥の部屋から戻ってきた美菜子に、光太はドキッとした。

「あっ！　そのカメラは……」

「うん。光太君が夫と同じカメラを持っているから、驚いちゃったわ」

カメラを手にした美菜子が、嬉しそうに目を細めて微笑む。

知的な美貌が静かにゆれて、白い頬が部屋の中ではことさら白くまばゆかった。

(見せたいものって、このカメラのことだったのか……)

光太はカメラをじっと見つめながら、美菜子が口を開くのを待った。

ドキドキして言葉がつげなかったのだ。目の前には壊れた愛機と同じカメラ。しかも、初恋の人と部屋で二人きりなのだから。

光太の向かいに腰かけた美菜子が、大事そうにカメラをテーブルに置く。

「これはね……夫の形見なの」

「えっ⁉」

おもむろに知らされた衝撃的な事実に、光太は思わず息を呑んだ。

「光太君、知らなかったのね……もう一年になるわ。夫が病気で亡くなってから」

美菜子は遠い目をして美貌を曇らせた。

どうりで、部屋には一人暮らしの雰囲気しかなかったわけだ。

「だから、今はもう鮎川じゃないのよ。旧姓に戻ったから」

「そ、そうだったんですか。俺……なにも知らなくて……」

いつでも明るかった恩師が、哀しみに沈むのを見るのはしのびなかった。

(自分だけツライって顔で先生に甘えちゃって……俺って本当にガキだな)

こんな時、ひしと美菜子を抱き寄せてあげられたら。そう光太は思う。

けれど、そんな度量を持ち合わせていない自分が腹立たしくてならなかった。

「夫もカメラが好きだったのよ。これを買った時には、子供みたいに夢中になってね。そんなところも光太君と同じ……」

美菜子は曇らせていた表情に、無理やり笑みを浮かべた。

おそらく、人前ではいつでも気丈に振る舞ってきたのだろう。

(先生らしいな。でも、俺にだけでも素直に感情を出してくれればいいのに……)

この一年、未亡人となった彼女がどのような思いで暮らしてきたのかを思うと、胸が締めつけられるようだった。

「このカメラでね……夫は毎日のように私を撮影してくれたのよ」

そう言うと、なにかを思い出しているのか、美菜子は再び遠い目をした。

(俺だって、こんなに美人の女房ができたら、毎日だって撮影するだろうな)

亡くなったご主人の男心に共感しきりの光太だったが、恩師の表情が次第に妖しく変化していくのを見逃さなかった。

ポッと内側から明かりが灯ったかのように、白い頬に朱色の恥じらいがひろがっていったのだ。

（そ、そっか！　もしかしたら、旦那さんはこのカメラで先生のヌードを撮影していたんじゃないのかな……）

その時のことを思いかえして、美菜子は頬を赤らめたに違いない。そう光太は確信していた。

（旦那さんが夢中だったのはカメラよりも、先生の身体だったのかも……）

そんな邪推をしてしまうほどに、彼女は魅惑的で妖艶な女性なのだ。

夫に先立たれた恩師の心中を察すると激しい良心の呵責を感じてしまうのだが、ついつい美菜子の胸元に視線が吸い寄せられてしまう。

ブラウスの内側に、ふくよかな膨らみが隠されているのを光太は知っていた。

その昔、乳房が強調されるような服装で美菜子が教壇に立つと、中学生だった光太はどうしようもないほど、心ときめかせたものだった。

授業を熱心に聞いているフリをしながら、頭の中でどれほど美菜子を裸にむいて、豊満な身体にイタズラをくりかえしたことだろうか。

それが性の目覚めであり、オナニーを覚えたのもそのころのことだ。

「光太君が夫と同じカメラを持っていたのは、単なる偶然じゃないように思えてくるの……きっと、なにか運命みたいなものだって信じたくなるわ」

カメラをとりあげようと、美菜子が身体を前に傾けた。

その拍子にブラウスの襟元がパカッと開き、一瞬雪のように白い肌が垣間見えた。

テーブルに押しつけられた乳房がつぶれて、深い谷間をのぞかせる。

(ああ、一体、旦那さんにどんな写真を撮られていたんだろう……)

そう思った瞬間、ブラウスが急に透けて見えたように感じた。

むきだしになった白い乳房を想像すると、下半身に力がこもってしまう。

(やばい！　勃ってきちゃったよ。本当に俺のジュニアは時と場所を選ばないで膨らんじゃうんだから。本当に不謹慎なヤツだよな)

こんな状態を美菜子に知られたら。そう思うと気が気でなくなってくる。

中学のころにも、こんなことは何度もあった。そのたびに光太は、美菜子の肢体を脳裏に焼きつけておいて、家に帰ってから高ぶりを独りしずめていたのだ。

「そもそも、光太君に再会できたことだって、ただの偶然とは思えないのよ」

光太は体をひたすら縮めて、かしこまりながら相槌を打っていた。

恩師のたおやかな美しい顔を見ているだけで、ズキンズキンと股間が拍動しているのが感じられる。

「このカメラ、まだ使えるかどうかわからないけど……」

美菜子は恥じらいを深くして言い淀んだ。

「ねえ、光太君……私を撮影してみない？」

「えっ!?」

光太は意外な言葉に驚いて、恩師の顔をまじまじと見つめかえした。

(先生、俺を勇気づけてくれるつもりなんだな、きっと……)

美菜子の教え子を思ってくれる気持ちが、痛いほど伝わってくる。

夢をあきらめかけている光太を、なんとか思いとどまらせたいのだろう。

「でも、先生……俺は、その大切なカメラを使う資格なんて……」

最愛の夫を亡くした恩師に、欲情を感じてしまっている自分が情けなかった。

それに、形見のカメラで撮影される美菜子の気持ちを思うと素直には従えない。今の彼女に幸福だったころを思い出させるのは、あまりにも酷ではないか。

「亡くなった夫だって、カメラが押入れで眠っているのは嬉しくないはずだわ。それにね……私は光太君だからこそ、このカメラを使って欲しいのよ」

美菜子の優しい目元に熱がこめられた。

「それとも……モデルがこんなおばさんじゃ嫌かしら？」

「ま、まさかっ！　おばさんだなんて。先生はすっごく綺麗ですよ！」

「ふふふ。お世辞だとしても、とっても嬉しいわ」

あまりにも光太がムキになるので、美菜子はクスクスと可愛い笑みを浮かべた。

「いえ、本当に先生はお綺麗ですよ。昔から……いえ、昔よりもずっと」

教え子の熱心な言葉に、美菜子は白く透き通ったまぶたを朱色に火照らせた。光太が抱いている感情に、ようやく気がついてくれたのかもしれなかった。

「じゃあ、私を撮影してくれる？」

「は、はいっ！　喜んで撮らせてもらいます！」

光太は鼻息も荒く、美菜子の手からカメラをしっかりと受けとった。

古びたニコンは使いこまれているものの、一年以上も放置されていたとは思えないようなコンディションだった。よほど大切にしていたのだろう。

「そうだわ……光太君に見せたいものがあるって言っていたでしょう。ちょっと待っていてね」

そう言い残して、美菜子は再び奥の部屋に姿を消した。

（あれ……見せたいものって、このカメラのことじゃなかったのかな？）

光太は勃起をつかむとジーンズの中央に位置を直して、できるだけ目立たないようにしてから美菜子が戻ってくるのを待った。

「これこれ……きっと、懐かしいわよ」

ふくよかな胸にアルバムを抱えて美菜子が戻ってきた。

「光太君に、これを見て欲しかったの……覚えているかしら」

そう言うと、美菜子は横に腰かけ、テーブルの上でアルバムを開いた。

「あっ！　こ、これって……」

「思い出したかしら？」

「はい。もちろん……忘れるわけがないじゃないですか」

光太は胸がつまるような感慨を噛みしめながら写真に顔を近づけた。

それは美菜子が三十歳の誕生日に、光太がプレゼントしたポートレイト写真だった。

確か撮影したのは文化祭の初日だったろうか。

朝の明るい光が射しこむ教室。教壇に立つスーツ姿の美菜子は、カメラを向けた光太を抱きしめようとするかのごとく両手を大きくひろげ、柔らかく微笑んでいる。

その自然な笑顔には、彼女の内面からにじみだしてくる明るさと優しさが写しこまれていた。教え子に注ぐひたむきな愛情が、写真から伝わってくるのだ。

（ああ、いい写真だなあ。昔はこんなに素直にカメラを構えていたんだ……）

都会での生活や女性への欲望、カメラマンになりたいという野心……。そういったもので、純粋な心が失われてしまったのかもしれない。

（それに、先生のこの笑顔……とっても幸せそうだな）

カメラに対する情熱をよみがえらせるためにも、美菜子が撮りたかった。

そして、彼女に輝くような笑顔をとり戻して欲しかった。

「せっかく未来のカメラマンさんに撮ってもらうのだもの。どんなポーズでもとるから、遠慮なく指示してね」

美菜子が優しい眼差しで微笑みかけてくる。

(ど、どんなポーズでも!?)

その言葉に、光太は色めきたった。

あんなポーズやこんなポーズ。まるでエロ本のモデルのように美菜子に恥ずかしいポーズをとらせている自分を一瞬妄想した。

「先生……俺ね、女性のヌード撮影をしてみたいって思っているんです」

そんな妄想が、思わず口をついて出てしまった。

しかし、写真への情熱がヌード撮影に向けられていることを、美菜子には正直に伝えておきたかった。それで、失望され軽蔑されてしまっても仕方がないと思った。

「そ、そう……そうだったの……」

ヌード撮影という言葉を耳にしたとたん、美菜子の声が急に艶っぽく湿ったように感じられた。

静かな部屋に美菜子の呼吸音が響いた。

「はっ! まさか……私のヌードを撮ってみたいと思っているの?」

艶めかしい唇から熱い息が吹きこぼれて、部屋の温度をあげていく。

「は、はい。そうです。ダメですよね……」

いくら彼女が生徒思いの教師であっても、できることとできないことがあるだろう。それくらいは光太にもわかっていた。

もし仮に、亡くなった夫にヌード撮影を許していたとしても、それは撮影者への愛情と信頼があるからこその話だ。

「いいわよ……先生のヌードを撮って」

美菜子がしっとりと瞳を潤ませ、切なげな情感を浮かべて教え子を見つめた。

「えっ!? ほ、本当ですか?」

麗しい恩師が放つ色香に、背筋がゾクゾクと震えた。

表情がニンマリ崩れてしまいそうになるのを懸命にこらえる。

「その代わり、約束して欲しいことがあるの。撮影したフィルムは光太君にあげるわ。でも、決して光太君以外の誰にも見せないこと」

美菜子は美しい瞳をうつむけ、恥じらいからか声をかすれさせた。

沙織にフィルムを没収された苦い経験があっただけに、その言葉は女神のささやきのようだった。

「それから……」

美菜子がためらうように言葉を一瞬つまらせた。

白く美しい喉元が、わずかに上下するさまがひどく艶かしい。

「私を撮影し終えたら、またカメラマンを目指して欲しいの。夢をあきらめないで」

その言葉を聞いた光太の体に、感動の戦慄が駆けぬけていた。

(せ、先生……そんなにまで俺のことを……)

光太は中学生に戻って、泣きながら美菜子の胸に抱きしめられたいと思った。

「約束してくれる？」

美菜子は光太を真っ直ぐに見つめていた。真摯な目だった。

「は、はいっ！　お約束します！」

光太は思わず大声で返事をしていた。それこそ、中学生のように……。

3

「少しだけ待っててね。ベッドに座っていてちょうだい」

美菜子はジャケットを脱ぐと、几帳面にハンガーにかけてからクローゼットにしまった。

(うわあ、なんだか急に緊張してきた……)

光太は寝室に招き入れられた瞬間から、すくんだように体を硬直させていた。

ベッドに座ると、白い枕カバーから美菜子の髪の匂いがしてくる。大人の女性のみが放つ妖しい香りに、酔いしれてしまいそうだ。

六畳ほどの洋間は、セミダブルのベッドとドレッサーだけが置かれた簡素な部屋だった。写真を撮るには充分な光が、窓から射しこんでいる。

(これから、この部屋で先生がヌードを披露してくれるんだな……)

そう思うと、ネバネバした唾液が喉の奥に絡まって、ひりつくような緊張と興奮で体がカッカと火照ってしまう。

クローゼットの前で、美菜子がスカートに手をかけた。

「こ、光太君……脱ぐところも見ているの?」

光太の熱視線に気がついた美菜子が、パタリと動きを止めた。

「だって、これから撮影するわけだし……見ておきたいんです。いいでしょう?」

「ん……でも、恥ずかしいわ……」

美菜子は一瞬ためらったものの、スカートのファスナーをゆっくりとさげていく。

しかし、そんな間でさえ、光太にはもどかしく感じられてならない。

美脚からスカートをぬく仕草がたまらなく光太の淫心をくすぐる。ベージュのストッキングに包まれた両脚のふくよかな曲線が、なんと魅惑的であることか。

だが、ブラウスの裾が邪魔をして、肝心な腰まわりが隠れてしまっていることに、光太はがっかりした。

（先にブラウスを脱いでくれていたらなあ……）

ストッキングがむっちりとした太腿を過ぎて、膝の裏までおりた時だった。

「あん、こんな姿まで見られちゃうのね……」

艶めかしい声を発して、美菜子はクルリと背を向けた。

しかし、それは光太にとって好都合だった。

ストッキングが下に向かって巻かれていくに従って、ブラウスの裾からチラリチラリと白いショーツが垣間見えるのだ。

ボリュームたっぷりのヒップが、レーシーな下着を左右に押しひろげている。

（うわ……先生の……ぱ、パンツが目の前で見られるなんて）

光太は胸を焦がすような思いで見つめた。中学の時、あれほど見たくて見たくてどうしようもなかったのに、絶対に見られなかった光景なのだ。

巻きとったストッキングを脱ぐために、美菜子がヒップを後ろに突きだした。

まるで「後ろからどうぞ」とでも言わんばかりにである。ショーツにくっきりと桃割れを食いこませた美尻が目の前だった。

（ううっ……）

光太はたまらなくなって、思わず股間を押さえつけた。

美菜子が後ろを向いている隙に、ペニスをとりだしてシコシコしたかった。いっそのこと、トイレを借りて放出してしまえば、どれほど楽になることだろう。そう思わずにはいられない。

美菜子の手がブラウスにかかった。ためらいがちにボタンを外していく様子が、後ろ向きであっても察せられる。

ブラウスを脱ぐと白い素肌がくねるように現われた。いくらかぽっちゃりとした肉づきの背中に、ベージュ色のブラが食いこむように巻きついている。しかも、レースのショーツで飾られた雄大なヒップもあらわだった。

（い、いよいよだな……）

憧れの恩師が振り向いてくれるのを今か今かと待っているだけで、下半身は悲鳴をあげそうなくらいにズキズキとしてくる。

光太は息をつめて、握りしめていた股間から手を離した。

「光太君……準備ができたわ……」

そう言って、こちらを向いた美菜子の姿に、光太は思わず身を乗りだしていた。

（ああっ！　まるで、中学時代のオナニーの妄想みたいじゃないか。あの鮎川美菜子先生が俺の前に下着姿で立っているなんて……）

光太は目を見開いて、美菜子の身体を網膜に焼きつけようと必死だった。

昔よりもいくらか丸みを帯びた身体は、熟成した大人の色香が粘りつくように漂いだしている。

なにより、大きなカップのブラに隠されているとはいえ、たっぷりと量感のある乳房が突きだしている眺めは、童貞の青年にとって破壊力抜群だった。

ブラの上からはみでた豊饒な美肉が、深い肉の峡谷をしっかりと刻んで、息苦しそうに張りつめている。

白くなめらかな肌を舐めるように目線をおろし、むっちりと閉じられた太腿の合わせ目で光太は視線を止めた。

純白のショーツの前面で恥丘がぷっくりと膨らみ、布地がわずかに食いこんでW字に波打っていたのだ。

(ああ、あんなに優しい先生が……あんなに知的な先生が……こんなにエロい身体をしているなんて!)

光太は水を浴びた仔犬のように胴震いした。

胸の高鳴りが美菜子に聞こえてしまうのではないか。そんな心配が脳裏をよぎるくらいに心臓が激しく弾んでいた。

体がカーッと熱くなり、下半身どころか顔までバクバクと脈動している。

「こ、光太君。そんなに見つめないで……」

光太の視線の高さに気がついたのか、美菜子はポッと美貌を赤らめ、イヤイヤをするように首を横に振った。

「あっ……す、すいません」

光太までもが感染したかのように、真っ赤な顔をしていた。

このまま、ずっと見つめていたかった。しかし、ただ見ているだけでは、いつ邪心を見ぬかれてしまうかわからない。

「じ、じゃあ先生……そこの窓の前に立ってください」

「う、うん……」

恥ずかしそうにうなずくと、美菜子が窓辺に移動する。

明るい光を浴びたその身体は、格段に美しさを増した。きめの細やかな素肌は透き通るようで、雪白さがさらに際立って見える。

太腿や乳房には青い静脈が浮かびあがり、ふっくらとした二の腕やお腹には金色の産毛が輝いている。

（んん……辛抱たまらん。早く、ブラの中に隠れた部分が見たい！）

はやる思いをなだめている余裕など光太にはなかった。

膨らんだ肉棒が、催促するかのようにピクリピクリと合図を送ってくるのだ。

「じゃあ先生……ブラも外してください」

光太はできるだけさりげなく言った。カメラマンとしての自信を匂わせ、興奮を押し殺したつもりでも、語尾が震えてしまうのはどうすることもできない。

光太の言葉にハッとした美菜子の表情が、たまらなくセクシーだった。唇をギュッと噛みしめて、なにかをこらえているような恥じらい深い表情だ。

「そ、そうよね……光太君はヌード撮影をしたいのですものね」

そう言って、美菜子はためらうことなく背中に手をまわす。

次の瞬間、パラリとブラが左右に分かれて、肩からストラップが滑り落ちた。

(ああっ！　せ、先生っ……)

あまりに美麗な眺めに、光太は魂を奪われたかのように見入ってしまう。

大ぶりな乳房がブラから解放されたとたん、反動をつけて奔放に踊りだしていた。

(こ、これが……先生のオッパイなんだ……)

激しい興奮にみまわれながら、そっと頭の中でつぶやいていた。

まろやかに流れ落ちた曲線の先端に、褐色に色濃く咲いた乳輪がぷっくりと盛りあがり、その中央に二つの蕾が恥じらうように突きだしている。

知的な相貌のイメージを裏切るかのような、あまりに卑猥な熟肉だった。

それだけに、憧れていた恩師の乳房を目の当たりにできた感激はひとしおだった。

触れずとも精液がほとばしってしまうのではないか。そう危ぶんでしまうほどに、ペニスはいきり勃っている。

だが、アッパレなのは美菜子の態度だった。

後ろ手にドレッサーにもたれると、どうぞ写真を撮ってくださいとばかりに胸を突きだしたのだ。それは、自らの身を呈して教え子の練習台になるのだという決意の表われに他ならなかった。

(よ、よしっ！　俺だってカメラマンの端くれだからな……)

どうしようもなく膝がガクガクと震え、手もブレてしまう。しかし、そんなことに気を奪われている場合ではなかった。

教え子のために、まさしく一肌脱いでくれた恩師の姿を写真に残さずして、カメラマンを目指す男の本懐を成し遂げることなどできはしない。そう思った。

カシャ！　カシャ！　カシャ！

フラッシュを浴びた肢体が、さえ渡るように白さを増して艶めき輝いた。

(先生！　最高ですっ！　ああ、なんて綺麗なんだ……)

自分にだけ見せてくれている極上の肌と肉の連なり。恥じらいに染まった美菜子の美貌。なにもかもが、たまらなかった。

ファインダーをのぞきこんだまま、美菜子の乳房ににじり寄っていく。

褐色にひろがった乳輪の粒立ち、小指の先ほどもある丸い玉状の乳首。その圧倒的な眺めは、若い女性が持つ色気の比ではなかった。

カシャ！　カシャ！　カシャ！

カウパー液がドバッとあふれるのも気にせず、シャッターを切りつづける。

「は、はあ……」

その時、美菜子が苦しそうにため息をついた。

白い喉がのけぞり、乳房がプルルンとゆれ動く。しかも、乳首は硬くとがりはじめているようだった。

（せ、先生……先生も撮影されていることに興奮しているんだ）

美菜子のあまりに艶かしい反応に、限界を超えた肉棒がビクンと反りかえった。

こちらもカメラマンを演じて虚勢を張っているが、美菜子とてモデルに徹しているつもりでも、高ぶる気持ちは抑えきれないのだろう。

カシャ！　カシャ！　カシャ！

光太はもはや興奮を隠そうともせず、息を弾ませながらシャッターを押した。

シャッター音が響くたびに、美菜子のぬけるような白い肌に桃色の恥じらいがひろがっていく。

昂揚に赤く染まった美貌を傾け、薄っすらと開いたセクシーな唇からは、今にも官能の声がほとばしりでてくるのではないかと思えるほどだ。

「せ、先生……ベッドに腰かけてもらえますか」

光太は荒げた息をなんとか落ち着かせようと、撮影場所を変えることにした。

熱気でムンムンとした部屋の空気に、美菜子の身体から発散される甘酸っぱい芳香が混じりはじめていた。

ベッドに腰かけた美菜子にカメラを向けてピントを合わせていく。

すると、ファインダーの片隅でキラリと反射する光を見つけて、光太は小躍りした。

サイドテーブルに、縁無し眼鏡が置かれていたのだ。

「そういえば、先生……以前は銀縁の眼鏡をかけていましたよね？」

担任をしてくれていた当時、美菜子が眼鏡をかけていたことを光太は思い出していた。眼鏡をしているとよりいっそう、知的な美貌が際立つのだ。

「あ、コンタクトにしたのよ。おかしいかしら？」

「い、いえ……でも、コンタクトを外して眼鏡をかけてもらえませんか？」

「えっ!? それは読書用の眼鏡なの。それに……こ、こんな格好なのに？」

美菜子は今さらながらに自らの姿を恥じ入るように、ふくよかな乳房を両腕で覆い隠した。

「お願いします。その方が思いつづけていた先生のイメージに近いんです」

甘えるような声色で哀願してみる。

「う、うん……わかったわ……」

美菜子は羞恥に染まった顔でこっくりとうなずく。

(ああ、やっぱり先生はこうじゃないと……)

光太は眼鏡をかけた美菜子の容貌に、昔と変わらぬときめきをおぼえた。知的な面立ちと官能的な肢体がひどくアンバランスで、それが妙にコケティッシュだった。

「ねえ、光太君……私はこうして座っているだけでいいの?」

キラリと光る眼鏡の奥で、細められた瞳が潤んでいた。

(そうだ! 先生は確か、どんなポーズでもとると言っていたっけな……)

しめしめとばかりに舌なめずりをしながら、光太は股間に力をたくわえた。

「じゃあ、そうですね……胸を下から両手で持ちあげてください」

「えっ……うん……こ、こうかしら?」

ふくよかなバストに両手を添えて、美菜子が光太の顔色をうかがう。

「もっと、乳房を絞りだすように前に突きだして」

美菜子の美貌が一瞬にして真っ赤に染まった。

眼鏡の奥の表情は、今にも泣きだしそうなほど羞恥にゆがめられている。

「こ、こう?」

それでも健気な様子で、美菜子は言われるままにポーズを変える。

たっぷりとした双乳がムギュッと形を変え、密度を濃くした乳房が円錐状になって光太の目の前に飛びだした。

美菜子の白く細い指の中で、艶やかな乳輪がぷっくりと盛りあがり、献上品のよう
に乳頭がとがり勃っていた。

「そのまま、ベッドに片脚を乗せてみましょうか……」

股間を突っ張らせながら、光太はさらに調子づいていた。

「えっ……うん……」

羞恥で顔さえあげられなくなったのか、美菜子は美貌をうつむけた。

しかし、催眠術にでもかかったかのようにフラフラと片脚をベッドにあげる。

「もう少し、脚を開いてもらえますか……」

光太の声に励まされるように、むっちりとした太腿が震えながら開いていく。

するとどうだろう。大きくひろげられた脚の間に渡ったショーツに、ウズラの卵ほ
どの濡れ染みが浮かんでいるではないか。

指が白むほどに力をこめてカメラのグリップを握り直し、光太はファインダーから
その一点を見つめつづけた。

（せ、先生が……濡らしてる……先生でも濡らしちゃうんだ）

光太の視線の先で、にじみだした欲望の印は次第に範囲をひろげ、布地が糊づけしたように股間にピッチリと貼りついていく。

カシャ！　カシャ！　カシャ！

どす黒い欲望が海綿体にゴゴーっと流れこむのと同時に、睾丸に鈍い痛みを感じながら夢中でシャッターを押した。

ところが、その時になって初めて大問題が生じていることに気がついて、光太は頭を抱えこんだ。

(ああ、こんなことだったら、もっとフィルムを持ってくるんだったよ)

なにせ、今あるフィルムは壊れたカメラに装塡されていた分だけなのだ。

(残り三枚か……)

一枚一枚が貴重なフィルムだった。それだけに、緊張も高まっていく。

(ショーツを脱がせて……前から一枚、座ってもらって一枚。それから、脚を開いて一枚。いや、最後の一枚はオマ×コのアップを……)

そう考えた刹那、ペニスの先端から白濁混じりのガマン汁が垂れだして、ブリーフの布地にたっぷりと吸いこまれた。

「先生、そろそろ全部脱いでもらっていいですか？」

「えっ!?」

美菜子はもうこらえきれぬといった風に、持ちあげていた乳房から手を離した。白桃のような乳房がブルンとゆれさがり、熱せられた部屋の空気を震わせる。

(本当に脱がなくちゃダメなの？)

眼鏡の奥で切なそうに潤んだ瞳が、そう訴えかけてくるようだ。

しかし、彼女は無言で立ちあがり、ショーツに手をかけた。

ほどよく熟肉をたくわえた下腹部のすぐ下では、ぷっくりと膨らんだ魅惑の丘が盛りあがっている。

(つ、ついに……先生の生まれたままの姿が見られるんだ)

光太はカメラを向けるのも忘れて、なめらかな肌をうっとりと見つめていた。

ショーツの縁から黒い影がのぞき、布地がゆっくりと引きおろされていく。

(ああっ！　い、いやらしい……)

光太がゴクリと生唾を飲みこむ。

それと同時に、艶やかな恥毛が一斉にあふれだし、こんもりと盛りあがっていく。

決して控え目とは言えない黒々とした茂みだった。

眼鏡でいっそう知的に輝きを増した美貌に似つかわしくないようで、それがまたエロティックでもあった。

「せ、先生……カメラに顔を向けて」

羞恥に染まった美菜子の表情と、濃く生い茂った恥毛を一緒にフレームに入れこむとシャッターを押した。

（よおし、やったぞ！　これで残りは二枚か。計画通りだな）

光太は内心ニンマリとほくそえむ。それでも神妙な面持ちを保って、次なる目標のために美菜子をベッドに座らせた。

「じゃあ、少し脚を開いてもらえますか……」

はやる気持ちを抑えられずに、急かすように指示してしまう。

「え、そ、それは……」

ベッドに座った美菜子が、驚いた表情で光太を見あげた。

彼女が脚を開けない理由を光太は知っていた。無論、女として見せてはいけない部分である。だがそれ以上に、今の濡れそぼってしまった女陰を教え子に見せるわけにはいかないと思っているのだろう。

「でも、先生……どんなポーズでもとってくれるって言ったじゃないですか」

「それはそうだけど……で、でも……」

そのためらいと羞恥が、美菜子をより美しく変貌させていた。

追いつめられたように恐る恐る開かれていく美脚。ショーツを身につけていた時よりも、はるかにゆっくりと太腿が左右に分かれていく。

「先生……もっと開いて！」

「ううっ……」

美菜子は低いうめき声をもらしながらも、さらに両脚を開いていく。白く透き通った内股がプルプルと静かに震えていた。

カシャ！

フラッシュがまたたいた。

「ああっ、ダメっ！」

美菜子はビクンと肩をそびやかし、泣きそうな声をあげて美貌をゆがませた。

一瞬にして、太腿はピッタリと閉じられていた。

（そ、そんなあ！　これじゃあ、先生のアソコが写っていないよ。あと一枚。ついにフィルムは最後の一枚か……）

光太はO・ヘンリーの小説の主人公になったような気分で、悲嘆にくれたように天井を見あげた。

（もう、失敗は許されないぞ。こうなったら、それこそ最後の手段だっ！）

光太は唇をキュッと結んで意を決した。

強引に組み伏せ、力任せに股間をこじ開け、完全に屈服させてから写真を撮る。

（なんてことができたら、苦労はないよなあ……）

一瞬ひらめいた暴力的な妄想が、自分らしくなかったことに光太は苦笑した。

光太にとっての最後の手段とは、とことん真っ直ぐに相手と向き合うことだった。

そして、土下座をしてでも自らの誠意を伝え、ひたすらお願いしてみる。

できることと言えば、それしかなかった。

「先生……恥ずかしいのをこらえて正直に言います。俺……ヌードを撮りたいって言ったけど、本当は女性のこと知らないんです」

そう言ってしまってから、美菜子の反応が怖くなって光太は目をつぶった。

「えっ⁉ もしかして……光太君……」

美菜子は教え子を傷つけないよう言葉を選んだのか、ためらいに声をつまらせた。

「はい、童貞です。もう二十歳なのに……彼女いない歴、二十年です」

自嘲気味に告白していた。今さら恩師に見栄を張ったところで、どうなるものでもないだろう。

「光太君……カメラをそこに置いて」

低く静かな声だった。眼鏡の奥の瞳が、急に真剣さを帯びて輝いていく。

「えっ⁉」

今からお説教でもされるのだろうか。そんな思いで光太は唇を噛みしめた。

4

「撮影しないと約束してくれるなら……見せてあげてもいいわ」

その意外な言葉に、光太はヤッターと快哉を叫びたかった。

しかし、一瞬だけ逡巡が脳裏をよぎった。残ったフィルムは一枚。この一枚こそが最もエキサイティングな激写になるはずだったのだ。

（いや待てよ……先生が俺のために見せてくれると言っているんだぞ。なにを迷うことがあるっていうんだ）

光太はカメラをサイドテーブルの上に置くと、ちゃっかりとベッドの前にしゃがみこんだ。

「こ、光太君……そ、そんな風にして見るつもりなの？」

さすがの美菜子も、ひるんだようだった。

しかし、優しい恩師が教え子の期待を決して裏切らないであろうことは、光太が一番心得ている。

「す、少しだけよ……こんなの恥ずかしすぎるから」

恥じらう美菜子の声に股間を熱くして、光太は体を乗りだした。

瞳をらんらんと血走らせ、むっちりとした太腿と濃く茂った恥毛の影で暗くなった脚のつけ根を凝視する。

(ああっ! い、いやらしい……)

凄まじいまでに淫靡な眺めが、わずかに開いた美脚の隙間にひろがっていた。真っ白な太腿の間に色濃い肉が楕円に盛りあがり、その周囲には縮れ毛がベッタリと濡れて張りついている。

(こ、これが、先生のオマ×コなんだっ!)

両脚が開かれるに従って、中央でピッタリと寄りそっていた褐色の花びらが、ゆっくりと左右にほころんでいくではないか。

パックリと引き離されたビラビラの奥に、鮮やかな桃色のぬらつきが垣間見えた。

(先生みたいに綺麗な人でも、オマ×コだけはこんなにいやらしいんだ……)

光太は甘酸っぱくこみあげてくる欲望に抗おうと必死だった。

幾重にも折り重なった肉ヒダが、熟した桃の実を指で割り裂いたように、透明な粘液でヒタヒタと濡れ輝いている。

すぐにでも美菜子の果汁をすすりあげたい。そう思わずにはいられなかった。

「こ、光太君……見えてる?」

か細い震え声で美菜子が聞いてくる。

「い、いえ……あまり……」

光太は横に首を振った。見えていないわけではなかった。

もっともっと見たい。そう思ったのだ。

「あっ……こ、こうしたら、これなら見えるかしら?」

突然、長い指先が光太の視界に現われ、二本の指が花びらを割り開いた。

もはや聖職者としての慎みまでもかなぐり捨てたかのように、美菜子が自らの指で女の部分をいっそう露わにめくりかえらせたのだ。

その時、ひろげられた花びらの間から、粘り気を帯びた花蜜がヨダレを垂らすかのようにあふれだした。

「せ、先生、すごいです……すごく濡れてます」

「い、いやん……そんなこと言わないでっ」

そう言いながらも、美菜子の淫花は妖しくうごめきながら、なおも花蜜をトロトロと湧きださせている。

(先生……俺に見られて感じちゃっているんだ)

教え子に見られてはいけない場所を見せることで、美菜子の欲情が煽られているのは疑いようもなかった。

募りくる劣情を持てあまし、思わず光太は太腿の奥に顔を押しこんだ。

「あんっ……だ、ダメっ!」

今にも触れんばかりの距離で、美菜子が必死に教え子の顔を押し戻した。

だが、光太の鼻腔にはネットリとした媚香が残っていた。濃密なフェロモンが女の部分から匂いだし、まとわりついてくるのだ。

「うわああ……いやらしい匂いが……」

光太はいよいよ興奮して、たまらぬといった風に声を発した。

「ひ、ひどいわ、光太君……先生にばかり恥ずかしい思いをさせて」

そう言うが早いか、美菜子の手が光太の股間に伸びてきた。

「光太君だって、ずっとこうなっていたんでしょう……」

「ああっ！」

がっしりと握られていた。

股間に電気を流されたかのように、光太は跳ねあがりながら体をよじらせる。

だが、逃げるつもりなど毛頭なかった。

「ずるいわ、ずるいわ……光太君、ずるいわ……」

うわ言のようにくりかえしながら、美菜子はジーンズのファスナーをおろし、素早く光太の分身をとりだしていた。

「ほら……光太君だって、こんなに濡らしているもの。こんなにエッチな匂いをさせているもの」

興奮に声を上ずらせながら、美菜子が妖しく手を上下させた。

「う、うわああっ！」

クチュクチュとガマン汁が弾ける音とともに、光太はたまらず奇声をあげた。

その声にハッと我にかえったのか、美菜子が肉棒からあわてて手を離す。

「ご、ごめんなさい……つい、あまりにも恥ずかしかったから……」

気まずそうな美菜子の表情は、いまだに興奮の余韻を引きずって赤らんでいる。

「せ、先生……」

互いの性器から卑猥な微香を漂わせて、師弟は見つめ合った。

寝室の窓から紅い光が射しこむ時間になっていた。故郷の雄大な山脈に、真っ赤な夕日がにじみながら没していく。

「ねえ、光太君……」

沈黙を破ったのは美菜子だった。

「私が……光太君の初めての相手になってあげましょうか？」

彼女らしい控え目で物静かな声だった。

そうだというのに、光太の耳には高らかにファンファーレが鳴り響いていた。

スタートゲートの中で入れこむ暴れ馬のように光太は突進した。美菜子をベッドに押し倒し、その豊満な乳房に顔を埋めていく。

「そ、そんなに焦らないで……」

彼女は抵抗するわけでもなく、優しく光太の髪をなでつける。

「ヌードを撮影するなら、もっと女心を知らなくちゃ。そうでしょう、光太君」

優しい教師と素直な教え子。まるで昔に戻ったかのようだった。

(ゆ、夢みたいだ……初恋の先生が俺の初体験の相手になってくれるなんて)

感動に打ち震える光太の唇を、下になった美菜子の唇が優しくふさいだ。

「んんん……」

美菜子の熱い舌先が唇を割って忍びこんでくる。

ネットリと絡みついてくる舌の感触は、とろけんばかりの心地よさだった。

光太はトロンと表情を崩したまま、吸いこまれるように美菜子の唇をむさぼった。

そこから先は、前戯のようにピチャピチャと卑猥な音をたてて唾液を交換し合う激しい口づけになっていった。

舌を吸いあげ、舌の裏や歯茎まで舐め合った。美菜子の甘い唾液をすすると、体中の細胞がざわめいて、どうしようもないくらいに肉棒が疼いてひくついた。

「せ、先生……おっ、俺もう……」

光太は情けない声を出して、股間の窮状を訴えかけた。

「うん、先生も……美菜子も……欲しくてたまらないの」

性感で陶酔しきった表情の美菜子が、光太の体の下で声を震わせた。

中学のころに、こんな光景は何度も妄想したはずだった。しかし、こうして現実に憧れの恩師と肌を触れ合わせているのだと思うと、天にも昇る心地がしてくる。

「焦らないで……ゆっくりね、ゆっくりきて……」

ふんだんな花蜜をたくわえた秘唇を、膨らみきったペニスの先端でなぞりあげる。それだけで亀頭は快美な悦びに震え、花びらに先走り汁をぬりかえしていた。

「はんんんっ……」

吐息ともあえぎともつかぬような声が、美菜子の唇からもれだした。

その声を合図にして、光太はヌルヌルに濡れた矛先をゆっくりと埋めていく。

(ああ……は、入っちゃう……)

美菜子の背中がしなやかに反りかえるのと同時に、鋼鉄と化した分身が肉のうねりに呑みこまれていた。

(お、俺のチ×ポが……先生の中に入っているんだ!)

そこは、美菜子の優しさにも似て、言いようのない温もりがした。

男になった悦びと同時に、初恋の人の肉体を思い出にできた歓喜が、じんわりと胸にこみあげてくる。

美菜子は柔らかく瞳を閉じていた。わずかに眉をひそめ、下唇を噛んでいる。

薄っすらと汗ばんだ女体は、素肌に赤い花びらを散らせたように上気していた。頬と首筋、そして太腿の内側までもが悦びの火照りに染めぬかれ、成熟した女性ならではの色香が匂い立つようだ。

「こ、光太君……動いて。美菜子に、もっといやらしいことをして」

官能にゆがんだ表情で快感をねだる恩師の姿を見おろしていると、光太の欲情は一気にスパークしてしまいそうだった。

次から次へと蜜をあふれかえらせる女陰に、そっと肉棒を出し入れする。

ほんのわずかに動いただけでも、しびれるような快感のさざ波が湧き起こった。

(こんなにいいなんて……女性のここがこんなに気持ちいいなんて……)

初めて体験する女体は、光太の想像をはるかに超えていた。

ウネウネとうごめく肉ヒダが、膨らんだ亀頭の形に変化して、無数の触手のように絡みついてくるのだ。熱せられた肉の狭間でペニスがとろけそうだった。

「せ、先生……先生……あああっ……」

この気持ちよさを美菜子に伝えたくて口を開いても、こみあげてくる快感に翻弄されて言葉にならなかった。

「もっと、もっと……美菜子を犯すように愛して……」

光太は夢中で腰を振った。強く腰を突き入れると、盛りあがった柔らかな乳房がタプンタプンと乱れゆれる。

「はあんっ、あんっ、あんっ……あああっ」

美菜子はあられもない声を震わせ、かすかに開いた唇から絶え間なく熱い吐息をもらしている。

光太はたまらなく愛しくなって、美菜子の唇を吸いあげた。

すぐに熱い舌がヌルリと滑りこんできて、光太の口の中をかきまわした。

「ううっ……」

上も下も、桃色の部分が激しく絡み合い、こすれ合った。

「せ、先生……お、俺もう……ああっ！」

「ひぃ、いいのよ、我慢しないで、美菜子で気持ちよくなって……」

光太は射精を踏みとどまろうとした。少しでもこの快感を長く味わいたくて、スペルマを押しかえそうと必死だった。しかし、限界だった。

「あっ、で、出ちゃう……出ちゃいそうです……ううっ……」

「いいわよっ……美菜子の中にたっぷり出して……あああっ！」

次の瞬間、熱くたぎった濁流が体の奥底から一気にこみあげ、美菜子の体内に勢いよくほとばしった。

ビクン、ビクンと痙攣するたびに、大量のザーメンが噴きだしつづける。

初めて体験しためくるめく快感に光太はグッタリと体を弛緩させ、美菜子の柔肌に沈みこんでいく。

しかし、美しい恩師の肉体に思いのたけをぶつけた直後だというのに、すぐさま若い欲望がよみがえってくる気配を光太は感じていた。

5

早朝の駅のホーム。朝もやの中に師弟の姿があった。

「お正月にはまた帰ってくるでしょう?」

美菜子の吐く息が白く色づく。

「はい」

光太は素直に返事すると、はにかんだ笑顔を浮かべる。

本当は正月まで待てないような気分だった。来週末も帰省したいくらいだ。

「必ず、私のところにカメラ持参で遊びに来てちょうだいね」

そう言うと、美菜子は可愛らしくアクビを嚙み殺した。

「先生、眠たいみたいですね。大丈夫ですか?」

「ふふ、だって朝まで眠らせてくれないんだもの。でも、光太君とってもステキだったわよ。情熱的で……」

美菜子が耳打ちするようにささやいた。

(あれから何回、射精したんだろう……四回? 五回? もっとかな……)

性戯に慣れはじめた光太が、美菜子を悦びへと導いたのも一度や二度ではなかったはずだ。

自分の下になり上になり、妖しくくねっていた美菜子の裸身を思い出すと、また欲情してしまいそうだった。

「間もなく電車がまいります。白線の内側までさがってお待ちください」

アナウンスが構内に響いた。日曜日の早朝である。ホームには二人の姿しかない。

「光太君……これ……」

美菜子は紙袋の中からカメラを出すと、光太に向かって差しだした。

「あ、はい……写真を現像したら必ず送りますね」

カメラに装塡したままのフィルムの行方が、光太も気になっていたのだ。

「そうじゃなくてね……」

「はい?」

光太はフィルムを巻きとろうとしていた手を止めて、美菜子を見かえした。

「このカメラは、これからも光太君に使って欲しいの」

「えっ⁉　そ、それは……」

いくら愛機が壊れたからといって、高価なカメラを、まして形見の品を譲り受けるわけにはいかないと思った。

「つらいことがあったり、夢をあきらめかけそうになったら、このカメラを見て勇気をふりしぼって欲しいの。光太君は昔から頑張り屋さんなんだから、大丈夫よ」

「せ、先生……」

美菜子の優しい励ましが胸に染みこんで、光太は声をつまらせた。

(このカメラを見るたびに先生のことを思い出します)

そう伝えたかったのに、涙がこみあげてきて言葉にできなかったのだ。

「あらあら、光太君はそんなに泣き虫だったかしら……ふふふ」

美菜子は指先で光太の涙をぬぐってから、愛しげに教え子のオデコをチョンと軽くこづいた。

「ほら、見てごらんなさい」

麗しい恩師が見つめる先を、光太は寝不足と涙とで充血させた瞳を向ける。

「なんて爽やかで雄大な景色なのかしらね……」

早朝の澄んだ空気の中、遠くの山並みが涙でぼやけ、稜線が二重に見えた。

そこへ始発の鈍行列車が滑りこんできた。利用者もまばらなこの路線は、古い型の客車が二両だけ連なっている。

先頭車の乗車口に立った光太の胸に、美菜子がカメラを押しつけた。

「せ、先生……ありがとうございます。大事にします」

深々と最敬礼する教え子に、美菜子がなにかを告げようと口を開いた。しかし、その声はけたたましい発射ベルの音にかき消されてしまう。

二人の間でドアが閉まった。電車がゆっくりと動きはじめる。

光太はとっさにカメラを構え、車窓から美菜子にピントを合わせていた。

「光太君、がんばれ!」

ファインダーの中で艶めかしい唇がそう動いた。

涙があふれだして、美しい恩師の顔がソフトフォーカスをかけたように、にじんでしまう。けれど、手を振る美菜子は、山脈の爽やかさを思わせる明るい笑顔をたたえ、その表情は幸福そうに輝いている。

光太は思いをこめてシャッターを切った。

最後に残った一枚のフィルムだった。

第三章　二人の人妻　浴衣姿でねだられて

1

「あっ！　すっごーい。ボックスシートですよ」

「ふふふ。たまには、こういう旅もよいわよね」

列車の心地よいゆれを感じながら、うたた寝をしていた光太は、女性の華やいだ声で目を覚ました。

腕時計に目をやると、美菜子と別れてから二時間が経っている。

「ねえ、ねえ。駅弁はいつ食べます？」

「あら、もう少し後にしましょう。今は風景を楽しみたいわ」

そんな言葉をかわしながら、二人の女性が通路をはさんだ隣りの席に陣どった。

（俺も、どこかで駅弁でも買おうかな……）

光太は急に空腹感をおぼえて、チラリとお隣りを一瞥した。

（へぇえ！　うっ、うまそうだなあ）

窓枠に置かれた弁当には目もくれなかった。もちろん、美味しそうと思ったのは隣りにいる二人の女性のことである。

歳は三十前後だろうか。恩師との再会ですっかり熟女に味をしめた光太である。食い気より色気。駅弁などより熟れた女肉が好物になっていたのだ。

（二人ともかなり美人だな……タイプが違うから目移りしちゃうよ）

どのオカズから箸をつけようか迷うように、光太は二人を交互に見比べた。

進行方向に向かって座ったのは、目鼻立ちのはっきりとしたゴージャスな美女である。すらりとした長身で小麦色に灼けた肌が印象的だった。

その向かいには、小柄でぽっちゃりとした体型の和風美人が座っている。こちらは対照的に色がぬけるように白い餅肌だ。

（ローストビーフと鰻の白焼きを同時に出されても、選びようがないよな）

空腹の光太はどちらにも箸をつけてみたいと思う。

しかし、そんな値踏みするような視線に気づかれたのか、小麦肌の美女と視線が鉢合わせになってしまった。

（おっとっと！　あんまり、物欲しそうに女性を見てちゃマズイよな）

光太はすかさず車窓に目線を移して、なに食わぬ顔で風景を眺めた。

「クサツ……キヌガワ……フキドマリ……」

聞き耳を立てるでもなく二人の会話を聞いていると、いくつかの地名が耳に入った。その内容から察するに、二人は温泉地を巡っているようだった。

どうやら、これから向かうのは吹泊らしい。

吹泊温泉といえば、知る人ぞ知る秘湯とでも言うべき温泉郷である。光太も子供のころに両親と訪れたことがあった。昔からのひなびた佇まいを今もそのままに残し、泉質に美肌効果があると言われているところから、美人の湯としても知られている。

(温泉と美女かあ……入浴シーンを撮影したいものだなあ)

光太はさりげなく自分をアピールするつもりでカメラを構えると、車窓を流れる田園風景をファインダーに収めた。だが、フィルムは切れているから撮るフリだった。

「お兄さん、すごいカメラですねえ」

肌の灼けた女性が光太に向かって口を開いた。ずっと話しかけるタイミングをうかがっていたという風でもあった。

「あ、ええ。これが仕事……みたいなものですからね」

みたいなもの、という部分は小声だった。

「お仕事?　もしかしてプロのカメラマンさん?」

「あ、えっと……はい、そうなんですよ。カメラマンです。あははは」

思わず嘘を言ってしまったものだから、ぎこちない笑いでごまかした。

(まあ、どうせ行きずりだしな……これくらいの嘘は構わないよな)

ついつい見栄を張ってしまったのは、しょうもないスケベ根性だった。いくら素直な光太とて、美女の前では格好をつけたくなるのだ。

「へええ！　ステキ。どんなお写真を撮っているんですか？　やっぱり風景？」

「いやあ、実は俺……女性の撮影専門なんですよ」

「もしかしてヌード写真とか？」

それまで静観していた色白美人までもが、興味津々といった様子で口をはさむ。

「ん……もちろん、ヌードも撮りますよ。水着グラビアの撮影とかね」

こうなった以上はプロカメラマンになりきって、美女たちとの会話を楽しんだ方が得に決まっている。光太は嘘をつき通そうと腹を決めた。

「わああ！　じゃあ、今までに私たちも写真を見ているかもしれませんね」

「ええ、小田沙織ちゃんとかね」

自慢げにアイドルの名前を口にした。

「ええーっ！　あの小田沙織ですか。すごいですね」

色白美人は甲高い声が特徴的だった。まるで女学生のようなはしゃぎぶりだ。

女性に「すごい」とまで言われたら、男というのは悪い気がしないものである。

「こう見えても、沙織ちゃんとは、かなり親しいんですよ」

光太は調子に乗って、しゃべりつづけた。

もっとも、小田沙織とは充分に親しくなったと言っても言い過ぎではないだろう。あれより親しくなるなら、あとは合体するしかない。

「よろしかったら、こっちに座りません？　もっとお話をうかがいたいわ」

小麦色の美人が低くネットリとした声で光太を誘った。

「あら、でも……ご迷惑じゃないかしら？」

すかさず、色白美人が合の手を入れる。

「いえ、迷惑だなんて……じゃ、ちょっとお邪魔します」

体型や肌の色はもとより声にしろ人あたりにしろ、とにかく好対照な二人組だった。

光太はひどく関心をそそられて、小麦美女の隣りに腰かけた。

肌が灼けているのは麗子、色白は麻衣。それぞれが自己紹介をしてくれる。

駆けだしカメラマンですから、と前置きをして光太も名乗った。

「まだ若いのにすごいですね。おいくつなんですか？」

「二十四です。もっと若く見られますけどね……」

実年齢の二十歳では格好がつかないと思った。嘘の上ぬりである。

「わかーい！　そっかあ。そんなお若いのにご活躍だなんて素晴らしいわ」

「いえいえ、まだまだですよ。それに、お二人とそう歳も離れていないですよね？」

「あら、嬉しいわ。さすがにカメラマンさん、お口がお上手ですねえ。ふふふ」

麗子の落ち着いた雰囲気からは、熟した妖艶さが漂ってくる。

「私たち、二人とも主婦なんですよ」

麻衣からそう聞かされて、光太は少し驚いた。

ジーンズ穿きのカジュアルな装いや、爪にほどこされたネイルアートからも家事をしている二人を想像しづらかった。

「日常を離れて、温泉でちょっと骨休めって感じかな」

「ああ、それは優雅でいいですねえ」

そんな会話をしているうちに、いよいよ温泉が近づいてくる。

「ねえ。もしよかったらご一緒にどうです？　お忙しいんでしょうけど」

「えっ!?」

「プロのカメラマンさんとお近づきになれるなんてこと、そうそうないですから。それに……旅は道づれ世は情けって言うでしょう」

「麗子さん、あんまりご無理を言うもんじゃないわ」

そうたしなめた麻衣も、期待の眼差しを光太に向けてくる。

「あ、そうですねえ。温泉かあ……俺も一泊くらいしようかなあ」

少しだけもったいをつけてみた。本当は千切れるくらいに尻尾を振って、チンチンしながら二人の美女について行きたいくらいだった。

(これも修行だ。カメラの腕を磨く前に、もっと女性を知らなくちゃな……)

そんな都合のよい言い訳を自分にしながら、光太は愛想笑いを振りまいた。

2

「それじゃ、カンパーイ!」

一風呂浴びて部屋に戻ると、山海の珍味がずらりと並べられていた。

その夕食の膳のなんと見事なことか。なかでも目を引くのは立派なマツタケだった。炭火で焼いてそのままいただくという豪勢な一品である。

(逢ったばかりの美女二人と、旅館で宴会してるなんて、なんだか不思議だな)

光太はひろい和室を見渡してから、改めて二人の浴衣姿を見つめた。

麗子はどちらかというと浴衣が似合うタイプではなかった。

だが、抜群のプロポーションは浴衣姿でも隠しようがなく、くびれたウエストから腰にぬけるまろやかなカーブに、女としての色香が凝縮されている。

一方の麻衣は、いかにも浴衣美人といった風情である。なで肩で色白な肌に加え、慎ましく可愛らしい顔立ちまでもが和装に映えて、膝を崩して横座りになった姿は美人画を彷彿とさせるものがある。

「ところで光太君……私たちと別のお部屋をとったけどよかったの？」

麗子がビールを注ごうと光太に差しだす。

「あっ、すいません。いや……その方がいいですよね？」

光太は恐縮しながらグラスを手にした。

浴衣の袖口から麗子の見事な肉体の一部でも見えないものかと、視線をチラリと送ってしまう。

「光太さんだって、一人でのんびりしたいですよねえ」

湯あがりの麻衣はほのかに頬を朱に染めている。衿足からのぞく白い肌が実にあだっぽい。

「はあ、まあ……」

ビールを注いでもらいながら、光太は片手で頭をポンポンと叩いた。

当然、同じ部屋に居候させてもらうつもりだったのに、麻衣がそれに反対した。

隣室は泊まり客で埋まっていたため、光太は最も奥まった部屋を割り当てられてしまった。まるで、島流しにされたような寂しい心地がしたものだ。

吹泊温泉は峡谷にぽっかりと開けた温泉街に四、五軒のホテルや旅館が密集している。とりわけ有名なのがここ桜湯閣だった。

やんごとなき人々や著名人が数多く訪れている老舗旅館で、昭和の初期には文豪が好んで逗留していたことでも有名だった。

格式ある高級旅館で別室をとってもらうとなると、懐具合が気になるところだった。

そんな光太の心配を察したのか、麗子は財布から黒光りするカードをとりだして見せ、いかにも自慢げに微笑んだ。

「大企業のスポンサー付きだから、大船に乗った気でいてちょうだいね」

麗子は万事がそんな風だった。

旅館に着いてからというもの、彼女の自慢話を延々と聞かされてきたのだ。都内の豪邸、何台も所有している高級外車、避暑地の別荘、海外での豪遊……。

それらは、光太のような庶民にとっては夢物語みたいなもので、感心はするけれど興味の持てない話であった。

「ねえ、麻衣さん……明日は光太君にお写真を撮ってもらおうか」

酒が入るに従って、麗子の舌がなめらかになっていく。

「でも、プロのカメラマンさんに、そんなことお願いするなんて図々しいですよ」

麻衣は少量の酒で白い肌を真っ赤に火照らせている。どうやら、光太と同じでまったくの下戸らしい。

「ね、光太君いいでしょ？　私たちをモデルにして欲しいな」

媚びるような鼻声で話しかけながら、麗子はマツタケに箸をつけた。

立派にひろがった笠の部分に唇を這わせて、チロリと桃色の舌をのぞかせる。そして、光太の視線を意識しつつ、ゆっくりと艶かしい唇にパクリと咥えこんだ。

「あっ、は、はい……それはもう喜んでっ！」

光太はこみあげてくる嬉しさをギュッと奥歯で嚙み殺した。

（よおし！　明日はフィルムをたんまり買いにいかなくちゃな）

こうなれば三匹目のドジョウを狙って、ヌード撮影まで持ちこみたいものだ。今度は柳の下に二匹のドジョウ。それはもう一網打尽にして柳川鍋にしなくては。

そう思うと腕がなる。股間にも気合が満ちてきてしまいそうだ。

（まずは麗子さんの浴衣の裾からむっちりと太腿を出して……その横で麻衣さんの浴衣の胸元をひろげて……）

光太は己がマツタケをピクリと反応させて、めくるめく妄想に酔いしれていた。

（ぐふふ……こりゃあ、明日の撮影が楽しみだぞ）

ビールをチビチビやりながら、頰が自然とゆるんでしまう。

「あら、光太君、顔が赤くなっちゃって……なにか、よからぬ想像をしてない？」

鋭い指摘だった。麗子の微笑が妖しく輝く。

「い、いや……俺、酒が弱いんで……あははは」

どうにも締まりのない顔をごまかすように、光太はビールを一気にあおった。

温泉旅館の夜が更けていく。

酔った麻衣は布団に突っ伏して、いつしか静かに寝息をたてはじめていた。

「麻衣さんって、なんだか可愛い人ですね」

光太は窓辺に座って、旅館の下を流れる川が白く泡立つのを見ていた。

「元々、お嬢様なのよ。だから、世間の色んなことがなにもかも新鮮らしいのよ」

「へえ、そういうものなんですかね」

「あのね、ここだけの話だけど、麻衣さんってね……」

光太の横に腰かけた麗子が、声をひそめて話しはじめた。

麻衣は今年で三十二歳。世間のなんたるかを知らぬまま大学卒業と同時にお見合いをして、とんとん拍子に結婚となったそうだ。

そのお相手というのが、ゆくゆくは父親の貿易会社をつぐというお坊ちゃま。

だが、なにせ若旦那は意志薄弱で優柔不断。そこへきて結婚してから女遊びを覚えてしまったものだから、糸の切れた凧のようにあっちでフラフラこっちでフラフラ。

いくら世間知らずの麻衣だって、夫の浮気に気づかないわけもない。しかし、生来からおっとりした性格のため、つめ寄ってなんとかしようというガッツもない。身近に相談できる者とていない。

というわけで、親しい麗子にだけ愚痴をこぼしているということらしい。

「それはひどい話ですねえ。麻衣さんのダンナの野郎……許せんなっ！」

小声ながらも、光太は憤懣やるかたないといった風に鼻息を荒げた。

「だからね、麻衣さんを誘って旅に出たわけよ。少しでも気晴らしをしてもらおうと思ってね」

「どうして、こんなに美人の奥さんがいるのにダンナは浮気するんでしょうかね？」

すやすやと幸福そうに寝息をたてている麻衣の姿を見ながら、光太は素直に疑問を口にしてみる。

「あら……それは男の光太君が一番よくわかるんじゃないの？」

そう言って、麗子が皮肉な笑いを浮かべた。

確かにその通りだと思った。自らを省みれば、男がどうしようもない浮気な生き物だということは骨身に染みて実感できる。

美咲を思いながらも桃子にときめき、沙織になびき……初体験は中学の恩師。やっていることといえば、あまりに無節操ではないか。

（無節操なのは下半身だけで、気持ちはピュアなんだけどな……）

などと自分に言い訳をしてみるが、ここに至ってもまだ行きずりの人妻に気持ちがフラついているわけだから、それだって説得力は皆無だった。

「私がこんなこと言ってたなんて、麻衣さんには内緒にしてね」

「あ、はい……それはもちろん」

「ふぅ……なんだか私も少し酔っちゃったみたい」

麗子はよろけるようにして、光太の太腿に手をかけた。

「あっ……大丈夫ですか」

両手をひろげて、麗子を胸で受け止める。

見た目には引き締まった身体をしている麗子だが、浴衣越しに伝わってくる肉の感触は、なんとも言えず柔らかい。

「ねえ、麻衣さんと私とだったら、どっちのヌードを撮影してみたい？」

腕の中で上目に見あげるさまは、お姉様然とした妖艶なフェロモンが匂うようだ。

「ぬ、ヌードですかあ……でも、どっちって言われても……」

どちらと答えられるわけもない。麗子が洋風の蘭の花なら、麻衣は和風のユリのようなのだ。許されるなら、どちらもと正直に言いたいところだ。

「きっと……私の方がエッチな身体をしてると思うわよ」

しなだれるようにして、麗子がさらに身体を密着させてくる。

「光太君、撮影する前に下見しておく？」

「し、下見って……」

「私ね、浴衣の中に……なにも身につけていないのよ」

そう言うと、いきなり麗子は浴衣の裾の下に、光太の手を導いていく。

（こ、これって……う、うわああ……）

手のひらにサラサラとした感触が当たっていた。女の下草の感触に、光太は気が動転して思わず手を引っこめた。

「光太君って……女性のヌードを撮影している割にはウブなのね」

妖艶な人妻は光太の反応をいかにも楽しんでいるという感じだった。

年下の男がドギマギとしている様子を見るのは、セレブにとって座興程度の戯れなのだろうか。

「硬い……あん、すごく硬くなってるじゃない」

突然だった。麗子が浴衣の上から、光太の股間を握りしめたのだ。

「うっ！　れ、麗子さん！」

「若いのね……」

うっとりとした表情で、つぶやくように麗子が言った。

妖しく光る唇を見ていると、マツタケを食べていた麗子を思い出して、光太は思わず先走り汁をチロリとにじませてしまう。

「んんん……」

その時、麻衣が悩ましい声をあげ、布団の上で寝返りを打った。浴衣の裾が乱れ、雪白い太腿がしどけなく現われる。

「お、俺……ちょっと酔い冷ましに風呂につかってきます」

光太は麗子の手を振り払うように立ちあがると、あわてて部屋を後にしていた。夫の浮気に悩む人妻の傍らで、別の人妻と淫らなことをしている自分が許せないような気がしたのだ。

（ああ……でも、惜しいことをしたかな。修行のチャンスを逃したかも……）

旅館の長い廊下を歩きながら、光太は今さらに後悔してみる。火照りの残った股間はビンビンに勃起して、それこそ大欲情なのであった。

3

深夜の露天風呂は光太の貸し切り状態だった。

温かい湯に体をひたしていると、長旅の疲れがスーッと湯船に溶けだしていく。

静かな夜だった。漆黒の夜空に半月がぽっかりと顔をのぞかせ、月明かりが露天をほどよい加減に照らしている。

そんな静寂を打ち破るように、突然ヒノキの桶の音がカコーンと鳴り渡った。

それにつづいて、隣りの女湯からかすかに湯の流れる音が聞こえてくる。

(おっと、誰か入ってきたみたいだな。こんな時間に……きっと麗子さんだな)

光太は麗子の下草に触れた感触を思い出しながら、熟れごろの肢体を想像してみる。あの日に灼けた身体は、浴衣を脱ぐとどうなっているのだろうか。

(よしっ!)

と心に決めた次の瞬間、光太は岩壁にへばりついていた。

この無鉄砲にして、思慮の浅さが光太の光太たるゆえんでもあるのだ。

デコボコに組まれた岩場は、優に二メートル強の高さはあろうか。アイガー北壁に挑む冒険家のような気分がしてくる。

しかし、この向こうに麗子の裸が待ち受けているのだと思うと、ジュニアまでもが張りきってしまうのだから始末が悪い。

(光太……あきらめちゃダメだ。これも修行だぞ!)

なんの修行なのやら、さっぱりわからないが、必死で岩をよじ登る。

飲めない酒も入っているし、足元は滑っておぼつかない。おまけに、突っ張った股間が今にも岩肌でこすれてしまいそうだ。

（も、もうちょっと……もうちょっとだ……よおしっ！）

尻丸だしの間ぬけなクライマーは、ようやく岩壁を制覇していた。

岩から頭を突きだすと、もうもうと立ちのぼる湯気の向こうに人影が見える。

肌を弾ける水滴、しっとりと張りついた後れ毛。湯船の縁に腰かけた白い背中が、月明かりを受けてぼんやりと浮かびあがった。

（おおーっ！）

その後ろ姿は明らかに麗子ではなかった。誰なのかを確かめようとギリギリまで背伸びをした瞬間だった。

女が首を傾けると、まったりとして美しい横顔が照らしだされた。

「ああっ！　麻衣さんっ！」

と思わず素っ頓狂な声をあげた刹那、光太は足を滑らせてザバーンっと勢いよく露天に墜落していた。

「光太さん？」

クライマーからダイバーに早替わりした光太の頭上から、麻衣の声が響いてきた。

「うわっぷっ！」

湯からガバッと跳ね起き、鯉のようにパクパクと口を動かして息を吸いこむ。

「なんだか、すごい音がしたみたいですけど……大丈夫でした？」

「あ、大丈夫です。いやあ、いい風呂ですねえ……ここは美人の湯って言うらしいですよ。美人の湯に美人が入って、これぞ本当に美人の湯……」

失態を挽回しようと、光太は意味不明なことを必死でしゃべりまくっていた。

「お医者様でも吹泊の湯でも、スケベ根性は治りゃせぬ。……ってね」

「ふふ。こっちに来て、一緒に入りません？」

「は、はい？」

麻衣のおだやかな声に、光太は拍子ぬけしたように岩壁を見あげた。

「いや、それはさすがにマズイんじゃないでしょうかね。見つかったら、猥褻物チン列罪とノゾキと……それから、えっと……」

光太は両手で湯をすくうと、バシャバシャと荒々しく顔を洗った。

（婦女暴行……なんてことになりかねないし……）

そうつづけようとして、あわてて言葉を呑みこんでいた。

「じゃあ、そっちに行ってもいいかしら？」

「えっ⁉ それはもっとヤバイですよ。誰が入ってくるかわからないし」

「あら、だってこんな時間だし……大丈夫ですよ」

いかにもお嬢様らしい天真爛漫な発想だが、それを世間では非常識と言うのだ。

「麻衣さん、酔って気が大きくなっているでしょう。酒の勢いで軽はずみなことをしたら後悔しますよ！」

深夜の露天に、大声が響き渡っていた。

「だいたい麻衣さんは麗子さんに振りまわされすぎですよ。あの人の影響を受けたら、不良主婦になっちゃいますよ……」

と言ってしまってから、ハッとした。

（こんなチャンスなのに、なんで俺……説教みたいなこと言ってるんだか）

おそらく、麗子に聞かされた浮気話のせいで、麻衣に対しては同情するような気持ちが湧いてきてしまうのだろう。

「麻衣さん？　聞いてます？　のぼせちゃったかな……麻衣さん？」

「はい。聞いてますよ……」

その声がすぐ横から聞こえてきたものだから、光太はギョッとして立ちあがった。

「やんっ！　光太さん、ちゃんと前は隠してくださいね」

麻衣が目の前に立っていた。

手ぬぐいを前に垂らして雪白い肢体を隠し、初々しく顔をそむけている。

「まっ、麻衣さんっ！　き、来ちゃったんですね……」

うろたえた光太は視線をそらしながら、あわてて下半身を湯の中に沈めた。

（や、ヤバイなあ……麻衣さんに見られちゃったかな）

崖から滑り落ち、麻衣を説得しているうちに勃起は治まっていたからまだよかったものの……。いや、どうせなら元気な状態を見て欲しかったと思ってしまうのも、ある意味、愚かな男の見栄というやつだ。

「いい夜ですね。お月様があんなに綺麗で……」

そう言って麻衣が足先を岩風呂にひたす気配を感じて、光太はにわかに緊張した。

水面に映った白い影が、スーッと波紋をひろげながら近づいてくる。

（うわああ……麻衣さん、大胆だな。どうしたものかな、参ったな……）

横目で麻衣の裸を見たいのは山々だが、懸命に前を向いて耐えていた。

光太の後ろをまわりこんで奥へと進み、麻衣は背を向けて湯の中に裸身を沈めた。

「れ、麗子さんは？」

ドキドキしていた。ここはなにかしゃべらなくてはと口を開いた。

「なにかブツブツ独り言をつぶやきながら、お酒を飲んでましたけど」

「そ、そうですか……麗子さんって豪快ですよね。お酒強いしなあ。あはは」

光太の空笑いが夜空に虚しく吸いこまれていく。

「あのね、ああ見えても麗子さんって苦労してるんですよ。実はね……」

麻衣の話によると、麗子は若く見えるものの今年で三十八歳なのだという。

二十も年上の会社経営者と二年前に再婚。麗子の美貌に惚れこんでの一方的な求愛だったらしいが結局は麗子が受け入れ、めでたしめでたしとなるはずだった。

ところが、その夫はＥＤ。つまりは役勃たずだったというのだ。

女ざかりの身体を持てあまし、かといって事が事だけに誰にも相談できず、麗子は親しい麻衣にだけ悩みを打ち明けたというのだ。

「あんなに美人の奥さんがいるのに、勃たないなんて……考えられないな」

先ほどの自分を思えば、勃つも勃たないも、どうしようもなくピンピンのピンコ勃ちだっただけに、麗子を前にしてＥＤだなんて男の風上にも置けないと思った。

（そういえば、麗子さん、俺のジュニアを握りしめたまま、硬いとか若いとか言ってたけど……そういうことか）

光太は妙にひとりごちて、麗子の言動を思いかえしてみる。

「なんだか麗子さんが可哀そうで。だから、温泉で気晴らしをして欲しいと思ったんです」

同じような言葉を麗子からも聞いたような気がして、光太は不思議な心地がした。

「これ、ここだけの話ですよ。誰にも言わないって約束してくださいね」

「あ、ええ……それは、もちろん」

光太は温かい湯の中で、しみじみと二人の主婦の人生に思いを馳せた。

（しかし、人生色々……セレブも色々だなあ）

どれほど金があっても、幸福と理想の男だけは買えないということだ。麗子と麻衣は互いの境遇を憐れむことで、自分の人生の方が少しだけマシだと自らを慰めて生きているのではないか。そんな風にも思えてくる。

「私はね……若いうちに結婚しちゃったから、あまり遊びとかも知らなくて」

「若いころ遊んでおかないと、後から反動がきちゃうとか言いますよね……」

思わず麻衣の夫の浮気について口走ってしまいそうで、光太は口をつぐんだ。

「ん……そうなのかもしれません。私も少しは弾けてみたいなって思うの」

そう言って麻衣は向き直ると、突然グイッと乗りだすように身体を寄せてきた。

（ふわあぁ……麻衣さん、なんだかエロエロモード？）

透明な湯の中で、きらめくような乳白色の小山がゆらりとゆれていた。

その中央には、ごくごく淡いピンクの先端までもが見えている。それは白い美肌に溶けこんでしまうほどに控え目な色彩で、麻衣の可憐さを引き立てている。

「私……光太さんにヌードを撮ってもらっちゃおうかな」

麻衣は恥じらいにほんのりと頬を染め、ぽってりとした唇を噛みしめた。

その小さな唇を見つめているだけで、光太はのぼせてしまいそうだった。

（こ、こんな可愛らしい人がいるのに、浮気だなんて……）

そう思った次の瞬間、光太は花びらのような唇に自分の唇を重ねていた。

一瞬触れ合った唇は、この世のものとも思えぬほどの柔らかさだった。

「ん……」

麻衣が光太の胸に両手を当てて押し戻した。

離れた唇がかすかに濡れている。

「こ、光太さん……急にどうしたの？」

「す、すいません……つ、つい……」

自分でもどうしてそんなことをしたのかわからなかった。

麻衣の境遇に同情していることは確かだ。浮気をしている旦那に対する怒りも本物だ。でも、それがこの衝動的な口づけの理由ではないような気がした。

「光太さん……」

「は、はい？」

「もう一度……もう一度、麻衣にキスして」

温かい湯の中だというのに、背筋に寒気のような感動が走りぬける。

口づけをネダる人妻の潤んだ瞳に、すぐさま股間がズキンと反応していた。

（ま、麻衣さん……）

はやる気持ちを抑えきれず、膝立ちで麻衣ににじり寄る。

しかし、どうしたことか、麻衣は光太の後ろに背後霊でも見たかのように、細い瞳を大きく見開き、眉をゆがめている。

なおも、茹でダコのように唇を突きだすと、麻衣は抵抗するように首を激しく左右に振った。

「ど、どうしたんですか?」

光太の問いかけに、麻衣は目だけでなにかを訴えようと必死だ。

「私だけノケ者にして……二人でコソコソしてるんだから」

突然の声にドキリとして、光太は振りかえった。

「うっ、うわあああっ!」

静かな山里の温泉郷に光太の悲鳴がとどろき渡る。

なんと、露天の縁に麗子が仁王立ちしているではないか。

しかも、生まれたままの姿を月明かりの下で堂々とさらしているのだ。

(う、うわっ! れ、麗子さん……すっごい! すごすぎます!)

目のやり場に困るというのか、目の保養になると言えばいいのか、本当に光太は面食らっていた。

麗子の引き締まったボディは、日に灼けていない小さなビキニ跡だけが艶かしく浮きたって見えていた。それこそ、女の大切な部分が生白く強調されているのだ。

釣鐘型に突きだした形よいバストがツンと上を向き、その中央に赤褐色の乳輪が小さな花を咲かせている。

さらにはキュンとくびれたウエストの下で、綺麗に整えられた逆三角形の恥毛までもが無防備にあらわだった。

「ふふふ。光太君、どうしたの？　そんな顔しちゃって。女性の裸は見慣れているでしょうに」

一部の隙もない完璧なヌードのお披露目を充分にしてから、麗子がズンズンと湯をかき分けるように進んできた。

「れ、麗子さんまで……誰か入って来ちゃったらどうするんですか⁉」

麗子の全裸を目に焼きつけた興奮が癒えぬまま、光太はパニックに陥ったかのように声を上ずらせた。

「ふふふ。大丈夫よ。入口に清掃中の札をかけておいたから」

さらりと言ってのけると、麗子は光太に密着するかのように湯に身体を沈める。

（こ、このセレブたち、やりたい放題だな……あははは、はぁ……）

二人の裸身の美女に両脇を固められ、光太は身動きできずに膝を抱えて座っていた。

もちろん、こんな状況で股間を硬くしない男などいるはずもなく、手ぬぐいでしっかりと勃起を守ることも忘れない。

なぜか一瞬、気まずい沈黙が露天風呂を支配した。それぞれが、それぞれの思惑に沈んでいるかのようだった。

「しばらくぶりに吹泊に来たけど、ずいぶんと変わった気がするわ」

最初に沈黙を破ったのは麗子だった。

「そ、そうですか？　昔から変わらない気がしますよ」

光太がすかさず呼応する。

「でも……お隣りに、立派なホテルが建っていたわよ」

そう言いながら、麗子の手が湯の中を泳ぐように伸びてきた。

（ああっ！　れ、麗子さん……）

その手が器用に手ぬぐいの隙間を縫って、勃起をしっかりと握りしめる。

「それにしても……お隣りのホテル、立派よねえ」

麗子の手が妖しく打ち振られ、ゆらゆらと湯が波打つ。

（ううっ……隣りに麻衣さんがいるのに、気づかれちゃうよ……）

光太はこみあげてくる快感をこらえて、横に座っている麻衣を盗み見た。

麻衣は二人に背を向けるようにして横座りになっている。その真っ白なうなじに水滴を浮かべ、湯にひたった肌が桃色に染まっているさまが、光太の劣情をどうしようもなく刺激してくる。

（き、綺麗だな……）

思わず光太までもが、麻衣の腋の下に手を滑りこませていた。

なにせ、口づけの余韻も冷めぬうちに、麗子に股間を刺激されているわけだから、光太の心理状況も決して普通ではなかったのだ。

麻衣の白い背がビクンと反応する。

しかし、光太の手をとがめるどころか、自らの乳房に導いて軽く握りしめてくるではないか。

「谷あいにポツンポツンと旅館が建っているのが、ここらしかったんですよね」

光太はできるだけなに食わぬ顔をして、麻衣の乳房の中ほどで息づいている乳首をコリコリと指先でつまんだ。

「す、すぐに建っちゃう……のじゃないですか。新しいホテルが」

そう口にした麻衣の声は震えていた。

なんとか快感を逃がそうとでもするように、麻衣は光太の手をしっかりと握っている。だが、刺激にもろい突起は、すぐに硬くしこって指の中でとがっていく。

「本当ね。でも、建たないより建った方が、地元の人たちは潤うでしょう」

麗子が勃起を激しくしごきたててきた。

「ふ、吹泊って、ちょっとした隠れ家的なところがありますよね。秘湯というのか秘境というのか……」

今度は光太が逆襲する番だった。麗子の太腿の間に手を伸ばしたのだ。

麗子はあっさりと脚を開いて、光太の指を秘境に受け入れてくれた。

「それに、泉質が……と、とってもいいわ。ヌルヌルして肌になじんできて」

麗子の声まで震えだす。

「そうそう、透明なのに……ずいぶんとヌルヌルしますよねえ」

光太は夢中で麗子の股間を弄りまわした。

美人の湯の中では、三者が三様に快感をむさぼり合っていた。

だが、真っ先に陥落してしまいそうなのは、情けなくも光太であった。

右手に麻衣の乳房、左手で麗子の女の部分に触れながら、同時に勃起を刺激されてしまっては、明らかに光太は分が悪い。

(ああ、だ、ダメだ……出ちゃいそうだ……)

今にも爆発寸前という時に、驚くべきことが起こった。

麻衣の手が光太の股間に伸びてきたのだ。

(あっ!)

と思った時にはすでに遅かった。

湯の中で麗子と麻衣の手が鉢合わせになっていた。

手と手が触れ合った瞬間、まさしく飛びのくようにして、サッと股間から二人の手が離れていく。

ところが、麗子の手から解放されたとたん、勃起に抑えようのない快感をおぼえて、光太は目をつぶった。

(ああぁっ！　そ、そんな……こんなのって……)

露天風呂の中でしたたかに分身を放出している光太を尻目に、女たちはまるで示し合わせたかのようにザバッと同時に立ちあがった。

「さて、そろそろ部屋に戻って飲み直そうかな」

「いやだ……なんだか、のぼせちゃったみたい」

それぞれが、独り言をもらすと、二人はそそくさと露天を出て行ってしまった。

(な、なんなんだよ……これって……)

旅の恥はカキ捨てというけれど、本当に二人の女性に捨てられたような気分だった。

湯の中で煙のように立ちのぼる白濁を、光太は呆然と見つめていた。

4

翌日は素晴らしい快晴に恵まれた。

三人は吹泊峡谷へとやってきていた。観光地化されていない温泉だけに、手つかずの自然が唯一の観光スポットなのだ。

「ふふふ。すごい景色だわね。吸いこまれてしまいそう」

「あんっ！　麗子さん、そんなにゆらさないでください」

峡谷にかかるつり橋を渡る人妻たちに従って、光太はシャッターを切りつづけた。

（やれやれ、やっぱり女にはどうやっても敵わないよな……）

晴れ渡った空の下、能天気にはしゃぐ二人を見て、光太はしみじみそう思う。

昨夜、露天にとり残された光太になにがあったのか、女たちは知らない。

大浴場に入れないと宿泊客がフロントに苦情を訴えて、支配人が見まわりに来たのだ。その時、光太はフルチンで湯の花のような性液のカスを桶ですくいとっていた。

ホテル側も客商売だから事は穏便にすんだものの、支配人に白い目で見られ、光太は深夜の露天をすごすごと退散したのだった。

「わああ……見て見て！　ここからの眺めは最高ですよ」

「ほら、光太君……早く来て。ここで写真撮ってちょうだいね」

光太は二人の専属カメラマン状態だった。

（この世にいるのは男が半分、女が半分……でも主役はいつでも女性なんだよな）

男の役割は女の美しい姿をただ指を咥えて見ている観客のようなものではないか。

そんな風に光太は思うのだった。

宿に戻った三人は、夕食までを思い思いに過ごそうと話して散会した。いくらか拍子ぬけして長い廊下をとぼとぼと歩いていると、後ろから麗子が追いかけてきた。

「光太君……この後、お風呂に入ってから、すぐお部屋に行くから待っててね」

そう言い残すと、麗子はすかさず引きかえした。

(そ、そう来なくっちゃな!)

光太は意気揚々と一人離れた部屋へと戻る。

すると、ほどなくして部屋の電話が鳴った。

「光太さん……麗子さんがお風呂にゆっくり入るって言うの。今から撮影をしてくださらない?」

今度は、麻衣からの誘いだった。

(おっと、来た来た! でも、待てよ……ダブルブッキングになっちゃうな)

心中は喜びと困惑が忙しく入れ替わる。

「今からお部屋に行ってもいい?」

そう切りだされて、光太はあわてた。

「あ、いや、それはマズイ……ん、こっちの話です。とにかく、俺がそっちに行きますから。大丈夫ですよ……はい、待っててください」

なんとか麻衣を言いくるめてから電話を切って、カメラを手にした。

（よしっ！　これがなくっちゃ話にならないよな。行くぞっ相棒！）

勇んで部屋から躍りだし、軽やかに廊下を走りぬける。

旅館の端から端までは、およそ五、六十メートル。赤い絨毯が敷きつめられたひろい廊下は、明るい陽射しで照らされた花道のようだ。

「麻衣さん！　お待たせしましたっ！」

まるで気合の塊りのようになって部屋に飛びこんできた光太を見て、麻衣はひるんだように後ずさりした。

「そ、そんなにあわてなくても……」

「いや、だって……すぐにでも麻衣さんの写真を撮りたかったから」

その言葉を聞いた麻衣の小顔が笑みでほころんだ。

少女のような可憐な微笑に、光太は第一先走り汁をにじませてしまっていた。

「浴衣姿を撮りたいなあ……だって、麻衣さんは本当に浴衣がお似合いだから」

「そ、そうですか？　じゃあ、着替えちゃおうかな……」

火照った頬に手を添え、瞳を伏せて恥じらう麻衣の表情が実に初々しい。

光太がゴクリと生唾を飲みこむ音が、やけに大きく部屋に響いた。

麻衣はハッとしたように背を向けてから着衣を脱ぎはじめる。

(後ろを向いたということは、着替えを見ていいってことだな)

光太はカメラの準備をしつつ、麻衣の身体を舐めまわすように観察した。

淡いピンクのブラとショーツ姿になった麻衣の肢体は、白い肌が透き通るようにきらめきだして、目にまぶしいほどだった。

小柄で丸っこい体型だが、決して太っているというわけではない。たっぷりとした女肉をためこんだ男好きする身体つきなのだ。

「その、できたら……浴衣の中に下着は身につけないでくださいね」

「は、はい……」

ためらいと羞恥が女を美しく見せる。

麻衣は浴衣を背中に羽織ると、その中でモゾモゾとブラを外し、ショーツを脚からぬきとった。

(ちぇっ！　なにも見えないな……でも、後々の楽しみだと思えばいいんだよな)

浴衣の中になにも身につけていないことだけは間違いないわけだ。あとは光太の腕の見せどころということになる。

「じゃあ、そこに座ってもらえますか」

光太の言葉にうなずくと、麻衣は裾や衿元を気にしながら座椅子に腰かけた。

カシャ！　カシャ！　カシャ！

いきなりシャッターの洗礼を浴びさせる。

すぐに撮影がはじまったことで、麻衣は驚いたように眉をピクリと震わせた。

(しめしめ……完全にこっちのペースになったな。麻衣さん、俺が言うことならなんでも聞いてくれそう)

光太にはそんな狙いがあったのだ。

「少し脚を崩して……うん、そうです」

浴衣の裾から白いふくらはぎがチラリと垣間見える。

カシャ！　カシャ！

シャッター音を聞くたびごとに、麻衣の白い頬に朱色が混じっていく。

「じゃあ、もう少し脚を崩しましょうね。あ、そうじゃなくて……」

光太は焦れたように麻衣に近づくと、片膝を畳について浴衣の裾をひろげた。

「あっ……」

小さな唇から吐息がこぼれだす。

白くむっちりとした太腿があらわだった。肝心な部分が見えないギリギリで止めることで写真も活きるし、麻衣の羞恥を煽ることもできるのだ。

時が経つのも忘れて、シャッターを切りつづけた。

そして、いよいよだった。光太は無言のまま、さも当然の流れと言わんばかりに麻衣の胸元を開き、しなやかな肩から浴衣を滑り落とした。

「はあっ！　ダメ……」

はかなげな美声をもらして、麻衣は両手で顔を覆った。

ジワジワとなぶるように浴衣を着崩れさせるに従って、麻衣の羞恥も鮮やかな朱色に深まっていく。

両肘をそっと押し分けると、三十二歳とは思えないほどにみずみずしい果実と、その頂点を彩る淡い桃色の乳冠があらわになった。

「ああ……麻衣さん、とても綺麗ですよ。すごく綺麗ですよ」

光太は思ったままを興奮して口にのぼらせた。

湯の中でゆれていた乳房は、昼の光の中で見るとさらに際立つように白かった。

昨夜、光太の手のひらにすっぽりと収まっていた小山の中央には、欲望の発火ボタンがピョコンと突きだし、今にも押して欲しそうに震え勃っている。

（撮影会はひとまずやめて、このまま親睦会にしちゃおうかな……）

そう思いながら撮影を再開したが、間もなくしてフィルムが巻きとられる音が部屋に響いた。いつの間にか、フィルム一本を撮り終えていたのだ。

（あっ！　麗子さんが……行かなくちゃ……）

その音で冷静になった光太は、麗子との約束を思い出していた。

これからという時だっただけに、半裸の麻衣を残して部屋を後にするのは残念でならない。だが、考えてみれば向こうが先約なのだ。

「おっと、そうだ。フィルムを部屋に忘れてきちゃった。とりに行ってきますから、待っててくださいね」

「あ、はい……」

なにも知らぬ麻衣が、うっとりするような瞳を向けて返事をした。

(や、やばいなあ……麗子さん、もう部屋に来てるだろうな……)

光太はカメラを置くと、あわてて部屋を飛びだし、再び廊下を全力疾走した。

(それにしても、こりゃあ結構しんどいな……おおっと!)

廊下は途中で直角に折れ曲がっている。

なにせ勢いがついているため、手を振りまわしながら体を傾けて角を曲がらないと、そのまま壁に激突してしまいかねない。

光太はあごをあげ、ゴールテープを切るような勢いで部屋に飛びこんだ。

「もうっ！　どこに行ってたの。光太君ったら……」

案の定、麗子はすでに部屋に来ていた。

本当に風呂に入ってから、そのままここへ来たのだろう。茹でたてホカホカといった趣きの浴衣姿からは、ほのかに温泉の香りが立ちのぼっていた。

「あ、いや……ちょっと腹具合が悪くて……」

言い訳を考えていなかった光太は、思いつきで嘘をついた。

「あら、そうだったの。それなら部屋にもおトイレがあるのに」

「あは、なんて言うか……大浴場と同じで、トイレもひろいところが気持ちいいかなと思って、ロビーのトイレまで行ってました」

しどろもどろで、なんとも苦しい言い訳になってしまっていた。

「ふふ。そういうものなのね……そんなことより……」

と麗子がいきなり立ちあがって、浴衣の帯を解きはじめた。

「お風呂に入った後で、これを身につけてみたの……どうかしら?」

ハラリと浴衣が畳に落ちた。

「ああっ!」

目の前の光景に光太はよろめいた。襖に背を押しつけ、なんとか体を支えながらも麗子の肢体から目が離せなかった。

目にも鮮やかな真紅のランジェリー姿だったのだ。

レース仕立てのブラとショーツが、官能的なボディを華やかに縁どっている。しかも、生地がシースルーのため、乳輪や茂みがくっきりと透き通って見えているのだ。

（なっ、なんて格好を……麗子さん、セクシーすぎるよ）

あまりの艶かしさに、目がつぶれてしまうのではないかと思った。麻衣で濡らした亀頭が、今度は麗子でぬらついてくる。第二先走り汁の噴出である。

（でも、どうしてわざわざ下着を替えてきたんだろう……）

そんな野暮なことを一瞬、光太は考えていた。

もしかすると、セクシーな下着は夫のED治療のために購入したのではないだろうか。そうだとするなら、麗子という女性が意地らしく思えてくる。

「こんな下着はお気に召さない？　光太君……」

どこかしら不安げに顔色をうかがってくる麗子に、光太は激しい欲情と同時に愛おしさを感じていた。

「き、綺麗です……すごいゴージャスです。最高ですよ、麗子さん」

感想を言うのももどかしげに、光太は麗子に挑みかかっていた。言葉で伝えるより、身体に直接、感動を伝えたかったのだ。

はやる光太を真綿でくるみこむような優しさで、麗子は受け止めた。しかし、口づけがはじまると、光太の若さを跳ねかえしてしまうほどに淫らで情熱的だった。

ピチャピチャと唾液をすすり合うハーモニーが、静かな和室に熱をこもらせる。

夢中で舌を出し入れしている光太の股間に、麗子の指先が触れてきた。

「光太君の……もうこんなになっているわよ」

自分の下着姿で、男性が勃起しているか確かめずにはいられないのだろう。

「れ、麗子さんがあまりにもステキだから……」

実際は、こんな状態になった原因の半分は麻衣にもあったが、そんなことはオクビにも出せやしない。

「あん、嬉しいわ……ねえ、お口でして欲しい？」

光太は期待に満ちた瞳で、黙ってうなずいた。

「じゃあ、ちゃんと言葉にして……」

そう言いながら、麗子は光太のシャツを脱がせはじめる。

「麗子さん……お、俺のを口でしてください……」

「ダメ……もっと、いやらしい言葉で言ってくれなくちゃ」

妖艶な上目使いで、麗子が紅い唇からとがった舌を突きだした。裸にされた光太の乳首がネロネロと舐めまわされる。

（たっ、たまらん……ううっ……）

舌先が乳毛を濡らしていく合間にブリーフがはぎとられ、触れるか触れないかという手つきでペニスを愛撫されていた。

「れ、麗子さん……俺の勃起したチ×ポを早くおしゃぶりしてぇ……」

光太は情けない声で、フェラチオをネダっていた。

その言葉に満足そうな笑みを浮かべると、麗子は陰毛の中に美貌を埋めていく。

「くうっ！」

光太は思わず声をあげた。やにわに赤むけた先端が咥えこまれたからだ。

生温かい口内粘膜に包まれた亀頭が、甘やかな快感に震える。さらに、舌先でカリの縁をなぞられると、光太はしびれるような快感で太腿をブルブルと震わせた。

（ああっ！　麗子さん……）

己が勃起に口づける麗子の美しい顔を見おろしているだけで、光太は極まってしまいそうだった。こんなゴージャスな美女が、社長夫人でもあるセレブが、若造の肉茎に卑猥な舌戯をほどこしてくれているのだ。

しかも、麗子の奉仕する姿からは、男を勃起させた悦びと、男に快感を与える二重の悦びが妖しく発散されている。

「ああっ！」

光太はうめいて、麗子の頭を両手ではさみこんだ。

筋張った肉棒が柔らかな朱唇の奥へズルズルと呑みこまれていく。これには光太もたまらぬとばかりに顔を快感にゆがめ、大きく背筋をのけぞらせていた。

真っ赤なランジェリー色の濃密な時間が、温泉宿の一室でゆるやかに流れていく。

しかし、忽然として光太の脳裏には、あることがひらめいていた。

(あっ！　麻衣さんを待たせたままだった……どうしよう。ううっ、参ったな)

めくるめく快感のただ中であっても、博愛精神に目覚めてしまうところが、バカ優しくお人好しな光太らしいところだ。

「れ、麗子さん、ちょ、ちょっと待っててください。また腹の具合が……」

光太は腰を引いて大仰にお腹を手で押さえた。

(ううっ……出したいのは、大じゃなくて精なのに……)

これほど後ろ髪を引かれるのは、生まれて初めてだったかもしれない。

それはそうだろう。目の前に下着姿の美女がいて、卑猥な舌使いでペニスを舐めてくれているというのに、それを振りきって部屋を出なければならないのだから。

「ねえ、それだったら、お部屋のトイレで……」

という麗子の言葉を聞き終わらぬうちに、光太は脱ぎ捨ててあった浴衣をひったくるように手にすると部屋を飛びだしていた。

廊下であわてて浴衣を羽織り、必死の形相で走りだす。

浴衣のマントをひるがえし、カメラマンに変身した光太は温泉の廊下をひた走る。

(お、俺は走れメロスか……)

そんな風に自分をつっこみたくなるくらいに、光太は走った。

走る走る。走りぬける。

しかし、あまりに勢いがつきすぎて、角を曲がりきれなかった。

「うわっ!」

壁に激突すると思った刹那、自らもんどり打って倒れこんだ。廊下をゴロゴロと回転してから、光太は絨毯の上で大の字に寝転んでいた。

5

(こ、こりゃあ、白か黒かはっきりさせないと……体力がもたないぞ)

もちろん、白とは麻衣、黒とは麗子のことである。

光太はどうにか立ちあがると、ふらつきながらも長い廊下を駆けだした。

「ど、どうしたんですか? 大丈夫?」

肩でゼイゼイ息をする光太を見て、麻衣が心配そうにしている。

「あっ、あはは……フィルムを切らして、買いに行ってまして……ははは」

ようやく麻衣の元へと辿り着いた光太は、空笑いをくりかえしながら部屋にあがった。ヘトヘト汗だくだった。

そんな光太の姿を、麻衣は立ちつくしたまま凝視している。

のかもしれないと思ったのだ。

伸ばしきった鼻の下に、光太はあわてて手を当てた。転んだ拍子に鼻血が流れたのかもしれないと思ったのだ。

しかし、麻衣の視線が向けられた我が身を見おろして、光太は叫びをあげた。

「うわっ！」

なんと、浴衣がはだけて股間がむきだしになっているではないか。フルチンで廊下を全力疾走していたのかと思うと、さすがにゾッとした。また支配人に見つかっていたら、えらい騒ぎになったことだろう。

（こ、こうなったら……麗子さんのつづきを麻衣さんにしてもらっちゃおうかな）

そんな不埒な思いを光太が抱いている間も、麻衣は感動に打たれたかのように表情を輝かせて、屹立した男根を見つめている。

けれど、はしたない自分にようやく気がついたといった風に、一瞬にして耳を真っ赤に染めると、突然、光太の胸に飛びこんできた。

「えっ⁉　ま、麻衣さん……」

抱き止めた小さな身体が小刻みに震えを伝えてくる。

（こ、光太、しっかりしろ。飛んで火に入る……据え膳じゃないか）

そう自らに言い聞かせ、うつむいた麻衣の顔をあげさせた。

麻衣の瞳は潤みきり、小さな唇がわずかにほころぶ。

（ああ……この小さな唇一杯に、俺の太マラを咥えさせてみたい）

そう思わずにはいられないような、慎ましく可憐な花びらだ。

顔を寄せ唇を重ねようとしたまさにその時だった。

「もう、また二人でコソコソしてるのねっ！」

麗子が現われたのは、昨夜の混浴露天風呂と同じタイミングだった。

「あ、いやこれは……ち、違うんですよ……」

二人はサッと体を引き離す。

「そう、そうなの麗子さん……勘違いしないで。光太さんに写真を撮ってもらっていただけですから」

しどろもどろになった光太の言葉を、麻衣が引きついだ。

「ふふふ。アヤシイものだわね。光太君、お腹の具合はよくなったのかしら？」

「いえ、その……」

光太は汗が脂汗に変わっていくのを感じていた。

かけ持ちしていたことを、少なくとも麻衣は知らない。だが、麗子には土下座して詫びても足りないくらいだろう。

「ゴメンなさい！」と素直に言おうとして、光太は口をつぐんだ。

突如として、麗子が浴衣を脱ぎ去ったからだ。

「じゃあ、私も撮影に加えてちょうだい……麻衣さんばかりずるいわよ」

光太に目くばせするように微笑みかけてから、麗子が麻衣の横に並び立った。大人の度量で、すべてを心の内に呑みこんでくれたようだった。

浴衣姿の麻衣と、ランジェリー姿の麗子。

和洋がこれほどまでに見事なコントラストを描いて目の前に出現するとは、最初の出逢いからは想像だにできないことだった。

（よしっ！　ここは気をとり直して本格的に撮影だ。これはいい修行になるぞ！）

と愛機を手にして光太は気合をみなぎらせる。カメラ小僧の血が騒いだ。

ところが、麗子が近づいてきて、麻衣を手招きで呼び寄せる。

「あらあら、こんなにしてちゃ撮影どころじゃないでしょう。光太君……」

麗子はむきだしのままになっている光太の股間の前にしゃがみこんでいた。

気合がみなぎり、血が騒いでいたのはジュニアも同じだった。

「あん、だってすごい勃ち方してますよ。それに、濡れてきてるし……」

麻衣までもが、麗子と鼻面を突き合わすようにして勃起をのぞきこんでくる。

「ちょ、ちょっとお二人さん。あのぉ……撮影は？」

今さら股間を隠すこともできず、さりとて二人を相手に襲いかかるわけにもいかず、光太はカメラを手にオロオロとしていた。

「ふふふ。若いって素晴らしいわよね……麻衣さん」

「私だって少しは楽しんでもいいですよね……麗子さん」

まるで勃起をマイクに見立てたように、鼻先に亀頭を近づけて交互に発言する。

そのうち、まさしくカラオケのマイクを奪い合うかのように、二人は競って勃起を握ろうと手を伸ばしてきた。

「麻衣さん……ちょっと。次は私の番でしょう」

「あん、麗子さんの方が……さっきから長く握ってますよ」

そんなやりとりの中、麗子がこれ見よがしに光太の亀頭を舐めまわしたものだから、そこからは大変だった。

（う、うわああ……）

なんとも浅ましいと言おうか、素晴らしい光景と言うべきだろうか。

麗しき二人の人妻が、我先にとペニスを奪い合っては、亀頭を代わる代わるにしゃぶるのだ。

「ほら、私にこうされた方がオチン×ンが硬くなってく……ねえ光太君」

「いいえ、麻衣のお口の方が小さいから気持ちいいはず……んぐんぐ……」

麗子の唾液に濡れていることなど一向にお構いなしで、麻衣が小さな唇一杯に勃起を咥えこんだ。

(ああ、ついに麻衣さんの口の中にも俺のチ×ポが……)

可憐な唇が卑猥な形にひろがり、眉根を寄せる麻衣。その表情に、光太の欲望はさらに高まって、先走りをしたたかに垂らしてしまう。

だが、おめおめと引きさがっている麗子ではなかった。

攻撃の目標を光太から麻衣に変えると、後ろから手を伸ばして、麻衣の股間に手を差しこんだのだ。

「いやあんっ！　あああっ！」

思わぬ伏兵からの攻撃に、麻衣が背中を反りかえらせた。

プルンと唇からぬけ落ちた男根が、今にも湯気をあげそうなほどに濡れそぼって、天井に向かって屹立する。

「ふふふ。麻衣さんは私がいかせちゃおうかな」

まるで面白がるように動かされる指使いには容赦がなかった。その凄まじい指の動きを前にして、光太は割りこむ隙を見つけられずに呆然と見つめていた。

「あんっ、いやん、光太さんのオチン×ンが欲しい……」

「ダメよ、ダメ。光太君のオチン×ンは麗子に入れてもらうの」

二本の長い指が麻衣の蜜壺から物欲しげな媚汁をかきだしていく。

クチュクチュ……卑猥な肉ずれの音とともに、愛液がみるみる白濁を帯びて、そこら一帯から成熟した女の匂いが立ちのぼってきた。

「ま、待ってください。ちょっと待って！」

光太は焦った。このまま仲間外れにされてしまうのではないかと思ったのだ。

その声を聞いて、麗子の指攻めがパタッとやんだ。

「撮影は後まわしにするってことで、できたらその……順番を決めません？」

光太の提案を聞いた二人は、何事もなかったかのようにコソコソと打ち合わせをはじめた。げに恐ろしきは女なり……ではないが、先ほどとは打って変わり、今度はお互いに先攻を譲り合っている。

しかし、最終的には麗子が仕切ることで話がついたようだった。

「じゃあね、光太君……そこにあお向けで寝てちょうだいね」

もうなにもかもが決まったのだと言わんばかりの麗子の態度に、光太はただ黙って従うしかなかった。ここは亀の頭より歳の功というわけだ。

畳の上に寝そべった光太を見おろしながら、麻衣が音もなく浴衣を脱ぎ落とした。

（ああ、麻衣さん……なんて綺麗なんだろう……）

光太の視線の先では、まばゆいほどの白い肉体が全貌を現わしていた。

丸みを帯びた曲線で構成されたボディは、女だけが持ちうる美をあますところなく見せつけていた。部屋の温度が急にあがったようにさえ感じられる。

（ということは、先に麻衣さんが……）

そんな期待を裏切ることなく、麻衣がためらいも見せずにまたがってきた。麗子に見守られることで、より大胆になったようでもあった。

麻衣は勃起の根元をしっかりと握り、その先端をクレヴァスに近づけていく。

部屋が一瞬、静まりかえった。

「あっ！」

ヌルリとした秘裂の心地よい感触に、光太は小さくうめいて唇を噛んだ。

麻衣がゆっくり腰をおろすと、すっかり潤みきっていた女陰は、あっけないほど一気に欲棒を呑みこんでしまった。

「あっ！　あふっ……はあぁぁぁん！」

しなやかな女体が弓なりに反りかえり、白乳が波打つようにゆれる。

ズブズブッ……と肉竿のすべてが胎内に埋めこまれていた。

「くあぁっ！　ま、麻衣さん……」

光太は泣きそうな表情になりながら、接合部に視線を走らせた。

麻衣の股間は想像以上に濃い恥毛に覆われており、光太の濡れた剛毛と絡まり合って、キラキラときらめいている。

（い、いやらしい……麻衣さんって顔に似合わず、こんなに黒々と茂らせて）

卑猥な眺めが興奮をさらに高め、若いペニスを弾ける寸前まで勃起させた。

「ああっ！　は、入ったの……光太さんのオチン×ンが全部……」

かすれ声で訴えながら、麻衣が静かに動きはじめた。

畳に両手をついて上体を支え、腰を突きだしては引き戻す。麻衣の内部がザワザワと絡みつき、肉茎を逃がすまいと絞りあげてくる。

「ああっ！」

光太はたまらずに、上ずった声をあげていた。

麻衣は深く繋がったまま、勃起を支点にして激しく腰をくねらせる。そのたびに、亀頭がコリコリと子宮口にこすれて、下半身に震えるような快感が沸きたった。

「麻衣さん、ステキよ……いいの？　どこがいいの？」

麗子が横からのぞきこんでくる。

「ああ、麗子さん……オマ×コがいいの……すごく熱いの」

快感にすっかり我を忘れ、麻衣は卑猥な言葉を小さな唇からほとばしらせた。

そんな麻衣の乱れた姿態を目の当たりにした麗子の息が荒く乱れた。

「あんっ、光太君……私も……」

感にたえぬといった声が頭上から響く。麗子はショーツをおろし足首からぬきとると、間髪入れずに光太の顔面にまたがってきた。

（ああっ！）

突然、濃い霧が立ちこめたように、成熟した女の匂いに包まれていた。すぐ眼前に薄赤い肉の切れこみが迫ってくる。亀裂からはみだした肉色の花びらが透明な体液にネットリと濡れ光って、光太を妖しく誘っていた。

驚愕と興奮に荒げた鼻息が恥毛をそよがせる。すると、麗子は自らの手で恥毛をかきあげ、割れ目を大胆に押しひろげた。

（うわああ……こ、これが麗子さんのオマ×コなんだ……）

光太はあまりの卑猥な眺めに目を見張るばかりだ。

肉厚の秘唇は白くにごった粘液で汚れ、その膣口には今にも滴り落ちそうなほどの蜜がたくわえられている。

「光太君……は、早くぅ……」

麻衣と正対して顔面騎乗した麗子は、一刻も待ちきれぬといった風だった。

光太もたまらなくなって、濡れそぼった匂いの源を舐めあげていた。

「はあんん……」

麗子があえぎを発して下半身を痙攣させた。それと同時に肉ヒダまでもがピクピクとうごめき、甘酸っぱい体臭がさらに強く匂った。

(ああ、これがオマ×コの味なんだ……こんなに、いやらしい味がするんだ)

ピリピリとする淫液の味が口中にひろがる。初めて知る味だった。

ヌルヌルとした感触がオイルのように唇や舌にまとわりついて、光太の興奮を体内から燃やしはじめる。

「うっうあああんっ!」

悲鳴のような官能の声をあげながら、麗子が腰をゆすりたて、鼻面にグリグリと秘唇をこすりつけてきた。

あっという間に、光太の顔がベトベトに濡れていく。

「ああっ、舐めて! もっと、奥までいやらしく舐めてっ!」

催促の声を聞いて、光太は舌先を鋭角にとがらせ、蜜壺に深く突き刺した。

「はっ、はぐぐっ……うあああっ!」

舌をぬき挿しすると、麗子の発するあえぎ声が雄叫びのように部屋に響き渡った。

「はうううっ! ああんっ!」

その姿を見ながら腰を振っていた麻衣も、負けじと官能の声をとどろかせる。

麻衣の甲高いソプラノと、低音を響かせる麗子のアルトが、のどかな温泉宿の一室で淫らなハーモニーを奏ではじめていた。

二人のセレブ美女に上からも下からも責めたてられる快感に、光太の爆発が迫っていた。

「んぐぐぅ……うおおおっ！」

くぐもったテノールが加わって三重奏が実現した。

しかし、それは一瞬のことだった。

凄まじい射精感が一気にこみあげたかと思うと、膣の奥深くで若茎が暴れまわる。

次の瞬間、光太は腰を突きあげて、灼けつくような肉悦とともに大量のマグマを子宮口に叩きつけた。

「はああああっ！」

同時に嬌声を張りあげた麻衣の裸身が、ふわっと浮きあがり光太の上で弾んだ。

ガクガクと頭をゆらし、乱れ舞った黒髪が光太の胸に覆いかぶさってくる。

「じゃあ、麻衣さん……交代ね」

脱力した二人の様子を見て、麗子が事もなげに言ってのけた。

それから、ママさんバレーのローテーションのように二人が入れ替わる。

「すぐに元気にしてあげる……」

そう言うと、麗子は体液で白く汚れたペニスを唇の奥に埋めこんでいく。

「光太さん……私にもね」

麗子を真似るように、麻衣は光太の顔の上で秘唇を指でひろげながら、可愛らしく微笑んだ。

「ちょっと光太君……どこへ行くの？」

浴衣を肩にひっかけて、ぬき足さし足で部屋を出ようとしていた光太は、麗子に呼びとめられた。

「あ、あはは……汗をかいたので、一風呂浴びてこようかなって……」

あれから、さらに二回つづけて精を絞りとられてしまった光太は、力なく答える。

「あら、光太さん……夕食までは、まだまだ時間がありますよ」

「うん。今夜も大きなマツタケが食べられるかもしれないわね。ふふふ……」

麗子の笑いにつられるようにして、麻衣までもが笑いだした。

（ううっ、女が主役で男は脇役……やっぱり、女性には敵わないや）

光太は苦虫を嚙みつぶしたような愛想笑いを浮かべて、女たちの笑い声が軽やかに響く部屋へと引きかえした。

第四章 美人カメラマン 柔肌触れ合う個人レッスン

1

「俺は……佐倉美咲さんに、写真のモデルになってもらう！」

光太は高らかに宣言した。

「おいおい、ちょっと待てよ……」

驚いた親友の田中がテーブルに体を乗りだした。

「佐倉美咲って……ハードルが高すぎやしないか？」

田中は声をひそめると、辺りに人がいないかどうかを確認する。

旅から戻った光太が数日ぶりに訪れた大学の食堂は、まだ午前中ということもあって学生の姿はまばらだった。

テーブルをはさんで前に座っている田中良介は、やはり写真学部の二回生で神社仏闇ばかりを撮っている変わり者だ。だが、信義に篤い好漢で、光太にとっては数少ない理解者の一人でもあった。

大学に入学したばかりのころ、最初に声をかけてくれたのが田中だった。

「おまえの写真……俺、好きだぜ」

そんな田中の一言が、田舎から上京して孤独だった光太の心をどれほど癒し、勇気づけてくれたことか。

「ハードルは高いほど、飛び越え甲斐があるってものだろう」

つられるようにして、光太も声のトーンをいくらか落としていた。

吹きぬけになった明るいホールで、二人の男がそれぞれの愛機をテーブルに置いての雑談、ならぬ密談を交わしているといった雰囲気だった。

「相手は佐倉美咲だぞ。そして、おまえは山田だ。名前からしても凡庸のカタマリじゃないか。佐倉と山田じゃあ、どう考えてもつり合わないだろ」

「おっ、おまえだって田中じゃないか！　そういうのを目クソ鼻クソを笑うって言うんだぞ！」

光太の大声に、食堂にいる学生の視線が一斉に集まった。

「こ、声がデカイって。まあ、名前のことだけを言ってるわけじゃないけどな……」

田中は光太の姿をジロジロと見つめながら言葉をにごした。

ルックスもつり合わないとでも言いたげに、モアイ像のような巨顔をニヤニヤさせている。

「とにかく、俺は佐倉さんにモデルを頼むぞ。玉砕も覚悟の上さ」

光太はきっぱりと言ってのけた。

「山田よ。何日か見かけないと思ったら、ずいぶんとおまえ変わったな」

田中はまぶしいものでも見るように目を細めた。

「だっ、だろう!? どう変わったと思う?」

今度は、光太がテーブルに身を乗りだす番だった。

童貞を卒業して、一皮むけたつもりでいるのだ。男っぷりもカメラの腕もあげて、旅から帰ってきたという手ごたえが光太にはあった。

「だって、前はコソコソと屋上に登っちゃ、佐倉さんを盗み撮りしてただろう」

「な、なんだよ田中……おまえ、知ってたのか?」

光太はバツが悪そうに苦笑いを浮かべ、宙に浮いた尻をストンと椅子に戻した。

「そりゃあな……いや、とにかく見違えるような成長だ。大学一の美女に堂々とモデルを依頼する。それでこそ男だ。俺は素直に応援するぞ!」

「た、田中……すまん。持つべきものはやっぱり、いいカメラといい友だな」

今にも涙ぐんでしまいそうな表情で、光太が田中に右手を差しだす。

「おっと、友情ごっこはここまでだ……」

だが、田中は光太の手をあっさりと振り払って、さらに声をひそめた。

「ほら、噂をすれば……おまえのマドンナの登場だぞ」

そう言った田中の見つめる先、食堂の入口に光太は視線を走らせた。

（うわあっ……美咲さん……）

明るい学食の中で、そこだけに桜色のスポットライトが当たっていた。

クリクリとした大きな瞳と、それを縁どる長いまつ毛。ふっくらとした頬、シルクのような光沢を放つセミロングの黒髪。

今日はいかにもお嬢様風な濃紺のワンピース姿で、バランスのとれた八頭身の肢体がいつもよりスレンダーに見える。

美しかった。あまりに愛くるしかった。気絶してしまうのではないかと思えるくらいの時間、光太は息をつめて美咲を見つめていた。

「山田、チャンス！　モデルを申しこむんだろ」

「いやあ……やっぱり、今日はやめとこうかな。また後日ってことで……」

光太はすっかり怖気づいてしまっていた。

主演女優のあまりの神々しさを目の当たりにしてみると、自分は日当二千円とロケ弁当で借りだされた学生Aなのだと、改めて思い知らされてしまう。

「お、おまえ……やっぱり、全然変わってないじゃないか……」

田中は白けた表情でテーブルに片肘つくと、音をたててコーラをすすりあげた。

「お、俺だって、すぐにでも声をかけたいよ。でもな、ここじゃマズイよな。こういうことはタイミングってものもあるだろうし、断られるに決まってるよ……」

光太がグズグズ言っている間に、美咲の周囲には女性たちが集まりはじめていた。静かな学食の中で美咲の周りだけが花園のような賑わいを見せている。

光太はふとテーブルの上のカメラを見つめた。美菜子から譲り受けたカメラだ。

「このカメラを見て勇気をふりしぼって欲しい……」

恩師の言葉を光太は思い出していた。

そして、今こそが勇気をふりしぼる場面に違いなかった。

「いいか、俺の生きざまをその目に焼きつけて、子々孫々にまで語り伝えろ！」

いきなり田中に向かって啖呵をきると、光太は立ちあがった。

それから、ズンズンと女の花園へと突き進んでいく。突然、近づいてきた男子学生のただならぬ様子に、女たちのおしゃべりが止まった。

「あっ、あの……」

美咲の前に立って、思いきって声をかけた。

美貌を持ちあげた美咲が、光太を見つめる。もう後戻りはできない。

「しゃ、写真学部二回生、山田光太です……」

だが、自己紹介をした瞬間、頭の中が真っ白になっていた。

美咲の横に座った友人の、うさんくさい者を見るような目線が突き刺さってくる。

それ以上に、キラキラきらめく美咲の瞳に自分の姿が映っているだけで、膝頭がガクガクと震えて止まらなくなった。

「お、俺……さ、佐倉さんのファンです……が、頑張ってください！」

それだけを言うと、きょとんとしている美咲に背を向け、顔面を真っ赤に染めて田中の元へ逃げ戻っていた。

「おいおい、頑張ってくださいって……おまえこそ頑張れよって顔で、女性陣がこっちを見て笑ってるぞ」

田中は呆れたという風にテーブルの上に突っ伏して、顔を両手で覆った。

「とにかく、おまえの生きざまは見せてもらったけどな……」

そんな親友の失望をよそに、光太は夢見るように視線を宙にさまよわせていた。

午後のゼミには、いつもと変わらぬ顔ぶれが集まっている。

（はあ……それにしても美咲さん、お人形さんみたいに可愛かったな）

光太は腑ぬけた有りさまで、教室の窓から景色を眺めては、ため息をついていた。

「おい、山田よ……あれくらいで浮かれていても、しょうがないだろう」

隣りに座った田中が、やんわりと釘を刺してくる。

「この俺が好きな女の子に声をかけたんだぞ。明るい未来への大きな一歩だと思わないか？　親友なら素直に祝福してくれよ」

「向こうは変なヤツが声をかけてきた、くらいにしか思っていないぜ。俺は大きな後退だと思うがな……」

田中の皮肉も、つかの間の幸福にひたる光太の耳には届いていない。

しかし、そんな浮かれ気分は瞬時に吹き飛んでしまった。

西園寺満が教室に姿を現わしたのだ。光太にとっては宿命のライバルである。

肩まで伸ばした長い髪。馬面に派手なサングラス。黒い革のベストとパンツ。時代錯誤のロックシンガーのようなルックスからして、どうにも鼻持ちならなかった。

(西園寺め……ヤツにだけは負けたくない。少なくとも写真じゃ負けないからな)

光太は瞳にメラメラと闘志を燃やして、とり巻きたちと談笑する西園寺の長い顔をにらみつけた。

実は、光太はこの時間を心待ちにしていたのだ。

毎週、ゼミでは写真の合評会が開かれている。それぞれが思い思いに撮影した写真を持ち寄り、その作品に学生たちが感想を述べる。

つまりは、己が実力を測れると同時に、西園寺との対決も実現するというわけだ。

「おい、山田……今日はどんな写真を用意したんだ？」

「ふっふふ。今は内緒だ……後から思いっきり褒めてくれよな」

光太はさりげなく自信をのぞかせて、不敵な笑みを浮かべた。

教授が姿を見せると、合評会がスタートする。

次々と作品発表が終わり、寺の庭園風景を写した田中の作品には、いつものごとくに当たり障りのない批評がかわされる。

(よしっ！　次は俺だ……)

田中が席に戻るのと入れ替わりに、光太は鼻息荒く立ちあがった。

今回、どの写真を選ぶのか、最後の最後まで悩みぬいた。せっかく磨いたカメラの腕。旅先で物にした写真をお披露目してみたいと思わずにはいられない。

しかし、最終的に選んだ写真は、美菜子でも二人の主婦たちでもなかった。

「特に俺から言いたいことはありません。とにかく、写真を見てください」

光太はどうだと言わんばかりに、拡大プリントした作品を胸の前にかかげた。今日まで温存してきた自信作なのだ。

ラーメンどんぶりを持った学食のおばちゃんが、湯気の向こうで温かい笑顔を見せている写真だった。おばちゃんのはにかんだ表情がキュートだった。

しかし、学生たちを見渡すと、積極的に意見を言おうとする者はいない。

（あ、あれ……おかしいな……）

その反応の薄さに、光太は焦りをおぼえた。

すると突然、西園寺が口を開く。

「ただのスナップ写真。以上……」

それだけを吐き捨てるように言って、西園寺はプイッと横を向いてしまった。

（あっ、あの野郎……）

サラブレッドの鼻っ面めがけ、今にも嚙みつこうとしている野犬のような表情で、光太はライバルの顔をにらみかえした。

西園寺の発言につづいて、他の者もボソボソと意見を述べはじめたが、そのどれもが芳しい内容ではない。

「おい、田中はどう思う？」

教授がそれまで黙っていた田中に発言を振った。

光太は期待の眼差しで親友の顔を見つめる。田中だけでもわかってくれたら、いくらかでも救いになるだろう。

「そうですね……山田らしい写真だとは思うけど……」

だが、田中はそれ以上なにも言ってくれなかった。

そしてトドメとばかりに、教授の冷酷な診断がくだる。

「作為のない自然さが山田らしいとは言えるが……これ一枚だとインパクトとして薄いのは否めないな」

写真評論の権威からの一声で、光太の作品は駄作の烙印を押されたわけだ。

(ど、どうして……誰もわかってくれないんだよ!)

光太はがっくりとうなだれ、足どり重く席につくしかなかった。


夕暮れが窓からしのびこんできていた。

ほろ苦い敗北感が朱色の陽射しとともに、光太の胸を焦がしていく。

「俺の写真が? あざとい? そ、それは聞き捨てならないな!」

自分の作品についてどう思ったか正直に教えて欲しいと頼んでおきながら、田中に「あざとい」とけなされて、光太はむきになった。

「だってよ……学食のおばちゃんは、学生なら誰でも知ってるわけだろ。温かい人柄とかさ。いい笑顔でしょうって写真を見せられたら、それはそうだと思うがな……」

ゼミが終わった教室には、光太と田中しか残っていない。

「つまり……おばちゃんを知らない人が見ても感動できる写真じゃないと意味がない。そういうことか?」

「まあ、そうだな。結局は、おばちゃんのキャラに頼っているに過ぎないだろう」

田中の厳しい意見を聞いて、光太の自信はもろくも崩れていった。

(く、くそ……やっぱり西園寺に完敗だ……)

そのことは西園寺の写真を見た時に、自分でもわかっていたのだ。

西園寺作品は教授が褒めたのを皮切りにして、次から次へと学生たちからも賞賛の声があがるほどの出来ばえだった。

しかも、作品モデルは、あの佐倉美咲だったのである。

ライバルに先を越された痛恨の念が、改めて光太の気持ちをふさぎこませる。

教室の空気がどんよりとにごって、二人の男たちに重くまとわりついていた。

「そういえば……昨日、桃子先輩が学校に来て、おまえのこと心配していたぞ」

「せ、先輩が?」

あの小田沙織の撮影以来、桃子とは逢っていない。光太にしてみれば合わせる顔がないという気分でいたから、桃子から訪ねてくれたと聞いて意外だった。

「うん。でな……おまえに逢ったら、スタジオに遊びに来るように言っておいて欲しいって頼まれてたんだ。すっかり忘れてたよ」

「なんで、そんな大事なことを忘れているんだよ!」

「いや、どうしておまえばかりが、いい目を見るんだって思ってさ。学食のおばちゃんだって、おまえにだけは黙って大盛りにしてくれるだろ」

確かに田中の言う通りだが、学食のおばちゃんにモテても意味がない。

「よしっ！　俺はこれから桃子先輩のところに行ってくる！　そして、もう一度、一から鍛え直してもらうぞっ！」

光太は勢いよく立ちあがった。その拍子に椅子が後ろに倒れ、狭い教室に派手な音が響き渡った。

「おっ！　じゃあ、俺もお供させてくれ」

田中が目を輝かせて、光太を見あげた。

「いや、おまえには頼みたいことがあるんだ……西園寺に近づいて、美咲さんとどこで撮影をしているのか、ロケ場所をつきとめてくれ」

「お、おい……ちょっと待てよ。なんでおまえが桃子先輩で、俺が西園寺なんだよ」

田中はいかにも不満そうな声で、光太につめ寄った。

「なっ、頼む！　これはプロカメラマンになるための最初の試練なんだと思う。このまま引きさがっていたら、俺は完全に負け犬だ」

光太は口から泡を飛ばして力説した。

男には無謀な勝負に挑まねばならない時が必ず訪れるものだ。それが今なのだと、なぜかそう思えた。

「山田……俺はな、おまえにはすごい才能があると思っている。だから、どんなことをしてでもプロカメラマンになって欲しいんだ。どうせ俺は田舎に戻って、実家の写真館をつぐしかないからな……」

「田中……」

「俺の夢まで全部ひっくるめて、おまえに賭けたからな。だから、西園寺になんか負けるんじゃないぞ。いいな山田」

田中のモアイ像のような巨顔が、夕日を浴びて真っ赤に染まっていた。

(田中！　おまえのためにも、俺はもっと男もカメラの腕も磨いてくるぞ！)

光太は力強くうなずくと、愛機を手に教室を飛びだした。

2

「桃子先輩……俺を鍛え直してください！」

光太は思いつめたように声を発すると、いきなり土下座をした。

撮影を終えて廊下に姿を現わした桃子を呼びとめ、人目もはばからず足元にすがりついたのだ。

「ちょ、ちょっと……どうしたの……」

あわてた桃子が、光太の腕を持って立たせようとする。

「お願いします！　俺にカメラを教えてください！」

冷たいリノリュウムの床に額をこすりつけ、必死で大声を張りあげる。

「男の子が簡単に土下座なんてしちゃダメよ。とにかく頭をあげて。ほら、ねっ」

「せ、先輩……」

桃子に肩を優しく叩かれて、光太はようやく顔をあげた。

「もう、びっくりするじゃない……」

後輩の突飛な行動をそれ以上いさめるわけでもなく、桃子は端正な面立ちに柔らかい笑顔を浮かべた。

「さ、こっちで、なにがあったのか話してごらんなさい」

光太が招き入れられたのは、小田沙織を撮影した時と同じスタジオだった。

桃子がスタッフに声をかけて人払いすると、以前は思ったよりも狭いと感じた空間が急に広々と感じられた。

二人きりになったスタジオには、撮影時の熱気がまだ残っている。

「それで……一体どうしちゃったの？」

心配そうに後輩の顔をのぞきこむ桃子の口元から、ブルーベリーガムの香りが漂ってきた。ルージュに濡れた唇が、大輪のバラのようにグラマラスに迫ってくる。

「す、すいません……実は……」

光太は隅に置かれたパイプ椅子に座らされ、力なく口を開く。

美咲のことや西園寺とのライバル関係について話した。

隣りに腰かけた桃子は、じっと黙って耳を傾けている。

話がゼミの合評会の件におよぶころには、光太の話も熱を帯びていた。自分の不甲斐なさ、自信喪失、そして人を感動させる写真を撮りたいという思い……。

光太はまくしたてるように、一気に気持ちを吐きだした。

だが、白熱した後輩の言葉をさえぎるようにして、桃子がボソリと口を開いた。

「ふーん……なんだか私の役どころはツマラナイわね」

「ツマラナイ……ですか?」

「だって、その美咲とかいう子を光太君は撮影したいってわけでしょう。その子を撮るために私を踏み台にしようってことじゃないの?」

そう言って、妖艶な先輩は意地悪そうに笑った。

「そ、そういうわけじゃ……」

光太が口ごもってしまうと、桃子の手が太腿にそっと置かれた。

「ふふ。光太君はバカがつくくらい正直なのね。女をわかってないんだから……」

桃子は相変わらず柔らかい笑顔を浮かべているが、目の奥では笑っていない。

(まさか嫉妬!? 美咲さんのことを先輩に話したのは失敗だったかな……)

今さらに自らの青さに気がついて、光太は表情を暗く曇らせた。

「でもね、私だってたくさんの人を踏み台にして、のしあがってきたから……そうでもしないと、私の実力でこの世界は生き残れないしね」

「そんな……先輩は実力で成功したんだって、俺たち後輩は尊敬してるんですよ」

光太は思わず語気を荒げた。師匠と慕っている桃子を悪く言われるのは、それが本人の言葉だとしても許せないと思ったのだ。

「ふふふ。本当にそう思っているなら、光太君はやっぱり甘いわね」

激した光太が桃子の手を握ろうとした瞬間、ふっと太腿から手が離れた。

「昔の私は光太君と同じで、いい写真を撮ることだけを考えていたわ……」

なにかを思い出すかのように、桃子は視線をスタジオの高い天井に向けた。

「でも、私程度のカメラマンなら、この世界には吐いて捨てるほどいるってわかったの。それからは成功するためなら、なんでも利用してやろうって思うようになったわ。美人カメラマンと呼ばれて注目されるなら、それも甘んじて受け入れるし、女の武器を利用して……身体だって張ったこともあるのよ」

「せ、先輩……」

光太はギクリとして、桃子を改めて見つめた。

腰穿きのジーンズと赤いレザージャケットの襟元を立てたスタイルは、いかにもやり手のカメラマンといった風貌に見えた。

しかし、中に身につけた黒いタンクトップが、いつにも増して乳房の膨らみを強調して、悩ましい女のフェロモンが胸の谷間から匂い立つようだった。

(桃子先輩、仕事を得るために……まさか……)

業界の権力者に、この豊満な肉体を差しだしたのだろうか。何人もの男たちが、彼女の乳房を好き放題に揉みしだいたのだろうか。

光太の脳裏に、尊敬する先輩の痴態が次々と浮かびあがってしまう。

「でもね……光太君には、私のようになって欲しくないの。今の気持ちのまま、ガムシャラに写真を撮りつづけて欲しい。そのためなら、私は光太君の踏み台になってもいいとさえ思えるのよ」

「も、桃子先輩……どうして、そこまで俺なんかに目をかけてくれるんですか?」

光太はあわてて胸元から目をそらし、以前からの疑問をぶつけてみた。

「ふふふ。どうしてかしらね。実は私……光太君の童貞を狙っているのよ」

光太の耳元に唇を寄せて、桃子がささやくように言った。

「えっ!?」

耳に熱い息を吹きかけられて、光太はビクンと肩をそびやかせた。

（うわわ……今さら童貞を卒業したなんて、言いだせないな……）

妄想の中で桃子の乳房を揉んでいる男の姿が、一瞬で自分自身にすり替わっていた。

みるみる光太の顔が真っ赤になっていく。

「あら、真に受けないでちょうだいね。いやだわ……ふふふ」

困り顔になった光太の額を指先でコツンと弾いて、桃子は可笑しそうに笑った。

からかわれたと気づいた光太は、さらに顔を赤く染めてモジモジとうつむく。

「光太君のその純情さが好きよ……」

桃子は一転して、真剣な表情で言葉をつづけた。

「いつだって、あなたの目は優しく見開かれているわよね。自分が目にした感動をそのままフィルムに残そうとするから、光太君の写真を見ると心が洗われるような気がするのよ」

「でも、俺なんて、まだまだ下手クソで……」

真っ赤な顔をようやくあげて、桃子を見つめる。

「写真は撮れば撮るだけ巧くなるわ……どうすればいい写真が撮れるようになるかわかってくるから。あなたに足りないのは経験の量だけ」

「はい。もっと撮りまくらないとダメだってことですよね」

「でもね……巧くなればなるほど、あなたのような視線を忘れてしまうものなのよ。

技巧に頼って心の目を閉じてしまうのね」

自らが失ってしまったものの大きさを噛みしめるようにして、桃子はとつとつと心を表わしていく。

「だから、私から教えられることなんてなにもないわ。むしろ、あなたから私が学ぶことが多いくらい」

いつになく饒舌な桃子の姿からは、ゆるぎない自信を秘めた輝きに代わって、どこかしら哀しみが漂ってくるようだった。

(先輩こそ……どうしちゃったんだろう)

飯島桃子と言えば今をときめく売れっ子カメラマンなのだ。なのに、ふと垣間見せてくれた女の弱さに、光太は桃子を抱きしめたいと思わずにはいられなかった。

「せ、先輩……」

まさに肩に手をかけようとした瞬間、光太の手をかいくぐるようにして桃子がスッと立ちあがった。

「そうねえ、私が光太君に教えられることがあるとするなら……」

肩透かしを食らった光太は、固唾を飲んで師匠の言葉を待った。

しかし、桃子は言葉をつづける代わりに、スタジオの照明を次々とつけていく。

明るさを増すに従って、スタジオは息を吹きかえしたかのように物の陰影を深く刻みはじめていった。

「ほら、自分のカメラを持ってこっちにいらっしゃい」

そう言って、桃子が光の渦の中央に飛びこんだ。

光太は外灯に引き寄せられる羽虫のように、美しい肢体にフラフラと近づいていく。

大先輩がなにを教えてくれようとしているのか、期待で胸が高鳴った。

「光太君……私の撮影現場を見て気がついたかしら。撮影者と被写体に信頼関係がなければ、いい写真は撮れないわ。それって恋愛感情みたいなものなの……」

光の中で桃子がレザーのジャケットを脱ぎ落とした。

天井から吊るされ床で波打つ赤い背景紙の海に、真紅のジャケットが同化して溶けこんでいく。

「あっ……先輩……」

光太は息を呑んだ。

美しくなめらかな肩口がきらめきだしていた。きめ細かい素肌が照明を浴びてクリーム色に輝いている。しっかりと浮きでた鎖骨の下では、ふくよかな乳房が盛りあがり、深い肉の谷間をのぞかせていた。

「今から私を……恋人のように思って撮影してごらんなさい」

桃子は小首を傾げてにっこりと微笑んでみせた。

「こ、恋人の……ように？」

全身に緊張が走りぬけた。

師匠と思って尊敬している桃子の撮影ができようとは、思ってもみなかったのだ。

しかも、恋人のようにという言葉で、手が震えはじめていた。女性と交際した経験のない光太に、その課題は酷だとも言えた。

（ど、どうしよう……俺には自信がないよ……）

なんとか愛機のグリップを握りしめ、ファインダーをのぞきこむ。

だが、まばゆい光におびえたように、光太はその場で体を硬直させていた。

「ピント、絞り、アングル……技術的なことはすべて忘れて！」

師匠の一喝が飛んだ。

「恋にかけ引きは必要ないわ。ひたむきな情熱……それが、あなたの唯一の武器でしょう。ほら、私にあなたの情熱をぶつけて！」

その言葉に心が震えた。

カシャ！　カシャ！　カシャ！

光太は吹っきれたようにシャッターを切りはじめる。

心の震えがカメラに伝わると、指先の震えがピタリと止まった。

（か、体が勝手に動いてる……俺は、やっぱりカメラマンなんだっ！）

光太は言い知れぬ興奮と陶酔の中にいた。今この瞬間の感動をフィルムに焼きつけなければ。そんな衝動に駆り立てられていた。

燃えたつような炎を背にして、目の前に立ち現われた美女の姿。

その刻々と変化していく表情と姿態を、カメラという名の剣で切りとっていく。

息が乱れた。汗粒がキラリと光って、こめかみを流れ落ちる。

「カメラを構えたあなたと一緒にいて、あなたを好きにならないでいられる女の子なんているのかしら……」

うっとりとした表情の桃子が、夢見るようにつぶやいた。

(こんなにセクシーな桃子先輩を見て……好きにならない男なんていないですよ)

光太も麗しい師匠への思いを心の中で叫びながら、シャッターを切りつづけた。

3

「ねえ、光太君……北風と太陽って童話を知ってる?」

かすかに吐息を吹きこぼして、桃子が朱唇を動かした。

「は、はい? 旅人の服を脱がせたいのなら、力ずくでは無理だっていう……あの話ですか?」

「そうよ……あなたの言葉で、私の身体を火照らせることができるかしら？」

挑発するような桃子の視線と言葉に、体の奥がカーッと熱くなった。

（や、やった！　身体を熱く燃えさせたら、先輩のヌードを撮影できるんだ！）

悦びを噛みしめたとたん、勃起にも気合が満ちた。

今すぐにでもジーンズを脱ぎ去り、疾風のように桃子に飛びかかってしまいたいくらいだった。

（で、でも……こんな時、なんて言えばいいんだろう）

女性を口説いた経験のない光太は、オロオロするばかりだ。必死で言葉を探すのだが、気が焦ってすぐに決めゼリフが思いつかない。

そんな後輩を前に、桃子が焦れたように口を開いた。

「正直に、思ったままを口にして。光太君がどうしたいのかを……」

ファインダーの中で、桃子の瞳が潤みきっていた。

セクシーな唇がプルプルとなにかを求めるように震えている。

その媚態を目にして、肉竿が一気に膨らんだ。湧きあがった精汁で玉袋がズドーンと重くなったように感じられる。

「も、桃子先輩と……やりたいですっ！」

勃起した勢いにまかせて、光太は思わず口走ってしまった。

「ええっ!?」

桃子は驚きに目を見開いた。

「そ、そんなにストレートに言ったら、女の子は引いちゃうわよ」

「うっ……そ、そうですよね……」

桃子にしてみれば、ヌードを撮影したいと素直に言って欲しかったことだろう。いくら本心とはいえ、女性が下品な言葉を好まないのは光太でも知っている。

(ああ、せっかくいい雰囲気だったのに。穴があったら入れてみたい……いや、入りたいよ……)

たぎるような情熱を、軽薄な言葉にしかできない自分の若さが恨めしかった。己が馬鹿さ加減に愛想が尽きて、力なくカメラをおろしたその時だった。

「でもね……今の言葉、キュンときちゃった……」

そうつぶやいた桃子の頰に、ふわっと恥じらいがひろがっていく。

「えっ!?」

今度は光太が驚く番だった。

「本当に不器用なんだから……でも、そういうところが光太君のよさだものね」

(ああ、桃子先輩……)

光太から恥ずかしそうに視線をそらして、桃子が服を脱ぎはじめた。

思わぬ収穫に悦んでいる場合ではなかった。

見る間にタンクトップが首からぬきとられ、ジーンズが脱ぎ去られていく。

光太は我知らずのうちに体を前のめりにして、その姿態をのぞきこんでいた。

「あん……ファインダーから顔をあげちゃダメよ」

まるで恥じらう自分を恥じるとでもいうように、桃子は先輩という立場から後輩カメラマンに指導する。

「いつでもファインダーを通してモデルを見つめていなさい。どんな一瞬も逃さないようにしなくちゃね。あなたはカメラマンなのよ」

気丈な言葉だった。しかし、黒いブラとショーツ姿になった桃子からは、先輩カメラマンとしてのプライドも一緒に脱ぎ捨てたかのような淫靡な雰囲気が漂ってくる。

(そ、そうだ……俺はカメラマンなんだ)

光太は素直にうなずいて、再びファインダーから桃子を見つめた。

想像通りの形よい乳房が黒いレースのブラに包まれ柔らかそうに迫りだしている。くびれたウエストとパンと張りだした腰のまろやかな曲線。

艶色の完熟ボディが、明るい光の中で浮き彫りになっていた。

カシャ！　カシャ！　カシャ！

その感動を瞬時にフィルムへと焼きつける。

ところが、シャッターの音を耳にした桃子が、恥じらいに引きつったような微笑を浮かべるものだから、冷静でいられるわけなどなかった。

「光太君。なにか言って……女の子はね、褒められるのが好きなのよ」

身の置き所がないといった風情で、カメラの前で上半身をくねらせるセクシーな媚態は、追い討ちをかけるように破壊力充分だった。

「き、綺麗です……ステキです……」

だが、欲望に浮かれた光太の口からは、月並みな言葉がもれでるばかりだ。

「もっとなにか言って……そうじゃないと……」

桃子は火照った身体を持てあましたかのように、ふくよかな胸を抱きしめた。

ムギュッとつぶれた乳肉が、これ見よがしに盛りあがり、今にもブラからあふれだしてしまいそうだ。

「ああっ！　せ、先輩のオッパイが見たいです！」

光太の叫びがスタジオにこだまする。

照明が生き物のように反応して、カチカチッと点滅した。

その間隙を縫って、黒い影が桃子の足元にハラリと落ちていた。

ブラから解き放たれた乳房がプルンと弾みながら、照明に浮かびあがる。熟れごろの果肉が重たげにゆれて、スタジオの空気を震わせた。

（ああ、先輩のオッパイだ……）

洋服の下でいつも悩ましくひしめいていた先輩の乳房がすぐ目の前にあった。欲望にまかせて手を伸ばせば、その柔肉に指を埋めこむことも可能な距離だ。

しかし、今の光太にできることといえばひとつしかなかった。

カシャ！　カシャ！　カシャ！

息をつめて、美しい双乳にシャッター音を浴びせかけた。

上気した桃色の肌がしっとりと汗に濡れ、白い光を反射する。

赤く充血した乳輪が大輪の花のように咲きひろがり、ぷっくりと小高く盛りあがっている。しかも、小粒な乳首がまるでカメラの愛撫を待ち望んでいるかのようにビンビンにとがり勃っているではないか。

（た、たまらないよ……このままガマン汁を垂らして撮影するしかないんだったら、俺はアダルトビデオの男優に志望を変えたいくらいだ）

光太は不埒な欲望に身悶え、熱くなった体を冷まそうと大きく息を吸いこんだ。

けれども、はるかに大きな呼吸音が、静かなスタジオに響いていた。後輩の前で乳房をさらしてしまった桃子自身が、その豊乳を震わすほどに息を荒げているのだ。

「はああ……もっと光太君の情熱を見せて……」

桃子の艶めかしい唇から熱い息が吹きこぼれて、スタジオの温度をあげていく。

（せ、先輩……俺が、もっと情熱を見せたら……）

軽く交差させるようにして重なり合った太腿に、光太は視線を走らせた。

むっちりとした脚のつけ根を覆っているのは、一枚の小さな布切れだけだ。

（あ、あれを脱がせてしまえば……そうしたら先輩の……）

そう思うと勃起がさらに体積を増して、痛みをおぼえるほどに硬くなる。

桃子の身体を火照らせる太陽になりたかった。強い陽射しを身体に浴びせて、最後に残された黒い薄布を引きちぎってしまいたかった。

そんな衝動が、またしても光太の青い感性を暴走させてしまう。

桃子のショーツを脱がせたいという思いが反転したかのように、光太はいきなり自らのジーンズを引きおろしていた。

言葉の代わりに光太が示すことができる情熱は、これ以外になかったのだ。

「す、すごい……」

桃子が驚きの声をもらして、長いまつ毛を何度もしばたたかせる。

ブリーフ一枚になった股間が、男のピラミッドをそびえ勃たせていた。おまけに、その三角錐の頂点はガマン汁でだらしなく濡れている。

「す、すいません……俺……」

あまりの有りさまに、光太は恥じ入るように謝った。

一人の男として桃子に劣情を抱いている自分をさらけだせば、たちどころに信頼関係が崩れ去るのではないか。そんな不安を抱いたのだ。

けれども、謝罪の言葉は桃子に届いていないようだった。

それどころか、感に打たれたように光太の股間を熱い眼差しで見つめ、ピクピクと官能的な唇をわななかせている。

「そ、それが光太君の情熱なのね……」

視線を勃起に張りつけたまま、桃子がショーツに指をかけた。

「私の誠意も見せてあげる……」

その声は消え入りそうなほどに震えている。

次の瞬間、桃子は淫らに身体をよじりながら、黒い布を足首へと落とした。

「ふわぁ!」

光太は小さな感嘆符を吐きだしてから、ごくりと生唾を飲み干した。

一瞬、ハレーションを起こして、そこだけ白く色が飛んでしまったのかと思った。

しかし、それは錯覚だった。

か細い恥毛がまばらに生えた肉丘だった。そのため、正面から見おろす光太の視野に褐色の亀裂が生々しく形を現わしているのだ。

(ああ……せ、先輩の筋マ×コが見えてる……)

あまりに卑猥な肉割れの様子に、ブリーフを盛りあげたピラミッドがさらに高くそびえ勃つ。欲する部分が目の前にあるのだ。勃起が激しくなるのも当然だった。

「も、もう脱ぐものはないわ……どんなポーズでも指示して。光太君の言う通りにするから……今度は私の心も裸にしてみて」

その瞳は撮影者への愛情と信頼で輝いている。

カメラマンにすべてをまかせてしまう意味を最も知っているプロの桃子が、光太に生まれたままの肢体を委ねてくれたのだ。

(せ、先輩を俺が好きなようにできるのか……これがカメラマンなんだ!)

一瞬とはいえ、男優になりたいなどと考えた自分を光太は猛省した。今ほどカメラマンを目指して本当によかったと思う瞬間は他になかった。

4

「両手を床についてください……」

光太の言葉とともに、先輩と後輩という垣根が外された。

濃密な信頼関係で結ばれたカメラマンとモデルとして二人は向き合っているのだ。

桃子は一瞬、思わぬ要求に瞳を不安そうに動かした。

だが、すぐに思い直したのか、床にしゃがみこんで赤い布の上に両手をついた。

「そのままこちらにお尻を向けて……」

光太の言葉に虚を衝かれたように桃子が顔をあげた。

その表情は驚くほどにゆがみきり、頬に羞恥の赤色をほとばしらせている。

両腕にはさまれグニャリとつぶれた乳房が、光太の淫欲を煽ってやまない。

「さあ、言う通りにしてください」

いい写真を撮るためには、見たいと思うシーンを自らが実現すればよいのだ。

「くうう っ……こんなのって……」

恥辱に声を震わせながら、桃子が尻たぼを向けた。

引き絞られたウエストからは想像もつかないくらいに、たっぷりと美肉をたくわえた桃尻だった。

スタジオの空気が、より濃密な湿り気を帯びてむせかえるように匂った。肉と肉の狭間でこもっていた女の体臭が、淫らな芳香を放ちはじめているのだ。

「も、もっと、お尻を高く突きあげて」

ふくよかな媚尻が、プルプルと淫らにゆれながら盛りあがる。

するとどうだろう。無防備に突きだされたヒップには、ひっそりと色づく菊座があらわになり、その下では笹舟のような形の肉筋がわずかに見えている。

（やったぁ！　桃子先輩の上下の穴が……丸見えだ……）

ペニスが痛いほどブリーフを突きあげ、旺盛な先走り汁をほとばしらせる。

しゃがみこんで、桃子の股間へカメラのレンズをぐっと接近させた。

「ああっ……」

かすかに喉を震わせて、桃子が片手で股間を覆い隠した。その指先が恥肉にめりこんだ瞬間、ビクンと背中を弓なりに反らせた。

カシャ！　カシャ！

シャッター音が響くのと同時に、指の間から淫汁がタラリとこぼれだし、内股を伝い流れて一本の光る筋を描いていく。

（うわあ……桃子先輩、そんなに濡らしちゃっていたんだ！）

奔騰した体中の血が、勃起に向かってドッと流れこんだ。

そうなれば、女の部分を暴いてみたくなるのは、男として当然の欲望だ。

「て、手を離して……脚をひろげてください」

興奮を包み隠したつもりの声が、妙に上ずってしまう。

そのリクエストを合図に、暗がりになっていた脚のつけ根が少しずつ、少しずつあらわになっていく。

「ほら、もっと！　もっとひろげてっ！」

光太が厳しい口調で言った。

桃子と沙織の撮影で、二人のやりとりを光太は見て学んでいたのだ。

ここぞという場面で、カメラマンが強い口調でポーズを要求する。するとモデルの性感が高まり、陶酔した表情を引きだすことができるのだ。

そのやり口を教えてくれたのは、計らずも今モデルになっている桃子だった。

「じゃあ、カメラにお尻を突きだしてから、自分の指で開いて！」

「あくっ……こ、こんな姿まで撮るのね……」

光太の言葉にむしろ助けられるように、桃子は豊かな尻肉を突きだし、自らの指で女の扉をこじ開けていく。

ピーンと張りつめた緊張感がスタジオの空気を重く淀ませ、二人の吐く熱い息だけが渦巻くように部屋に漂った。

ヌチャリ、ヌチャリ……。

湿った音をたてて、太腿の間で密やかに女を匂わせている花びらがめくられる。

押し開かれた場所から、火照りとともに甘い蜜の香りが立ちのぼりはじめていた。

カシャ！　カシャ！

すぐさま乾いたシャッター音が、むきだしの粘膜を震わせた。

「ああ、光太君の意地悪……」

そう言葉で抗いながらも「奥の奥までなにもかも見て欲しい」とでも言うように、桃子は湿った肉びらをグイッとばかりにひろげきった。

(あああっ！　先輩のオマ×コが丸見えだ……)

V字に開かれた指の間で小さなヒダが濡れ光り、膣口には今にもあふれださんばかりに淫らな汁が満ち満ちている。

カシャ！　カシャ！　カシャ！

シャッター音が背後で響くたびに、桃色の粘膜がヒクヒクとうごめいて、トロリトロリと女の恥じらい汁があふれだす。

(ああ、桃子先輩……見られて嬉しいんだ。撮影されて感じちゃうんだ。オマ×コがどんどん濡れてくるじゃないか)

後輩に撮影されていることを意識すればするほどに、恥部は形を淫らに変えていってしまうのだろう。

肉芽までもが、褐色の包皮の中でパンパンに肥大しているのがわかるほどだ。

「ああっ！　いやらしいよ。ビチョビチョに濡れたオマ×コが丸見えだよ」

光太はたまらず、卑猥な言葉を浴びせていた。

「ああん、そんな風に言われたら、もうダメ……あふううっ」

切なさが鼻にぬけ、官能に彩られた甘やかな媚声が桃子の喉を震わせた。

「はああ、いやらしい？　桃子のここ……いやらしい？」

豊満な腰をカメラに向かって小刻みにゆすりたてながら、首だけ後ろに向けて潤んだ瞳で光太に語りかけてくる。

カシャ！

光太は答える代わりに、発情した桃子の表情をフィルムに焼きつけた。

「あああっ！　い、いやぁぁぁ……」

言葉では拒絶しているようでも、指先が勝手に快感を求めて割れ目をなであげはじめていた。花びらの間を中指がネットリとこすりあげながら往復をくりかえす。

花の芽がヒクヒクと悦びに打ち震え、秘肉がピチャピチャと蜜を弾けさせる。

「ふううん……光太君、見てっ！　こんなに、いやらしいことしているの……桃子の恥ずかしい姿を撮ってぇ……」

見られることで興奮してしまうのか、桃子が悩ましくあえいで裸身をくねらせた。

もはや止まらぬといった様子で指を動かし、淫らな声をあげている。

（ああっ……な、なんていやらしいんだろう……）

あまりにも麗しく破廉恥な美人カメラマンの痴態をのぞき見ることができるのは、今ここにいる自分だけなのだと思うと興奮もひとしおだった。

カシャ！　カシャ！　カシャ！

矢つぎ早にシャッターを切った。

ヌラヌラとした透明の粘液で指が濡れそぼるにつれて、スタジオはむせかえるような甘い香りと卑猥な音に満ちていく。

ところが無情にも、フィルムを巻きとる音が静かに鳴り渡った。

5

「光太君、カメラマンとしては合格よ……」

床に美脚をそろえて座り直すと、桃子は裸の胸を抱きしめた。

「でも……男としては落第……」

「えっ？　ら、落第ですか？」

光太はひざまずいて、泣きそうな顔で先輩の表情をのぞきこんだ。

「だって……私があんなに恥ずかしい姿を見せたのに、光太君ったらなにもしてくれないんだもの」

桃子がグラマラスな唇をツンととがらせて、後輩を恨めしそうににらみつける。

（うわ……あれって、俺を誘ってくれていたんだ……）

光太は自らの鈍感さを恥じて、うつむくように愛機に視線を逃がした。

桃子が発情を示した瞬間、北風になって後ろから襲いかかるべきだったのだ。

「どうやら、光太君にはもうひとつだけ教えておかないといけないようね」

そう言いながら桃子の美貌が近づいてきた。

「あっ!」

光太の驚く声は、瞬時にかき消されていた。

柔らかな唇が、光太の口を優しくふさいだのだ。ブルーベリーの香りが、吐息とともに流れこんでくる。

(ああ、先輩……今度こそ、俺は北風になります……)

光太はたまらず、桃子の唇を割って舌を挿し入れようとした。

ヌルリと舌先が歯列に触れた瞬間、桃子は身体をこわばらせて唇を離した。

「こ、光太君……女を知っているのね?」

光太はドキリとして、思わず目をうつむける。

「どうりで、急に男っぽくなった感じがしたわけね……」

ここ数日の間に光太が様々な体験をしていることを、桃子は知るすべもない。

それなのに、キスだけで後輩の変化に気がついたのは、カメラマンとしての人間観察眼の確かさというより、女の鋭い勘なのだろう。

「んん……ちょっと、残念……」

唇をギュッと嚙みしめて、本当に悔しいといった風に桃子が眉根を寄せた。

「えっ？　あの言葉って本気だったんですか？」

撮影をはじめる前に桃子が冗談めかして言った「童貞を狙っている」という言葉を光太は思いかえしていた。

「女はね……好きな男の子にとって、自分だけが特別な存在になりたいって思うものなのよ」

桃子の美貌に乙女のような恥じらいが一瞬浮かんだ。

さりげない言葉に、後輩への思いがつめこまれていたのを、鈍感な光太であっても気づかないわけがなかった。

「せ、先輩……俺……」

その気持ちに答えたくて言葉を発しようとした光太の唇に、桃子の指先がそっと触れた。優しく首を左右に振りながら、なにも言わないでと瞳で訴えかけてくる。

「でも、いいの……あなたはあなただから……」

ふっと長いまつ毛が、瞳に影を投げかけた。寂しそうな表情に見えた。

（先輩……）

美咲に寄せる恋心を、桃子は知ったばかりなのだ。今だけの感情に流されて好きだと口走ってしまわぬよう、桃子はたしなめてくれたのかもしれなかった。

「それに、光太君には女の悦ばせ方も教えてあげないとね」

気持ちを切り替えたように言うと、桃子は切れ長の目元を優しくたわめて、ふっくらとした頬に微笑を浮かべた。

師匠の美しい面立ちを、光太はうっとりと見つめかえす。

(やっぱり、こんなに綺麗な師匠だったら世界の果てまでついて行きたい!)

そう思わずにはいられなくなるような、魅惑的な微笑みだった。

「光太君、これを見て……」

真紅の布の上に座った桃子が、いきなり豊かな太腿を大胆にひろげた。

薄い恥毛に縁どられた肉丘が、目の前でこんもりと盛りあがる。

「誰のせいで……こんなになったと思うの?」

(ああっ! 桃子先輩、こんなに……濡れたままなんだ)

褐色のフリルの間で桃色の粒立ちが、照明を受けてキラキラと潤み光っていた。

濡れた女肉からは、今にも生々しい女臭が立ちのぼってくるようだ。

「光太君のせいなんだから……あなたのお口で、気持ちよくして……」

艶めかしく動く唇も光太の唾液で湿っていた。

桃子の潤んだ瞳には、自ら進んで秘部をさらけだす羞恥心と、後輩の反応を楽しむ好奇心。そして、どうすることもできぬ肉体の疼きをしずめて欲しいという女の貪欲さが入り混じっていた。

光太は女陰に吸いこまれるかのように、太腿の間に顔を近づける。光太の顔をモワッと包みこんだ。

ツンと鼻をつくような性臭と甘い体臭が渾然一体となって、光太の顔をモワッと包みこんだ。

（ああ、この匂い……た、たまらない……）

魅せられたように淫臭を吸いこみながら、そっと割れ肉に舌を這わせた。

ヌルリとした粘液が舌先に絡みつき、そのまま舌をすぼめると透明な淫ら汁がツツーっと糸を引く。

「はんんっ……」

桃子が官能の息を吐きだして、悩ましく裸体を前後にゆらした。

もっと、と催促するかのように腰を浮かせて、恥丘をグイッと前に突きだしてくる。

（ああっ……桃子先輩に気持ちよくなって欲しい！）

震えるような熱い気持ちが胸の奥から衝きあげてくる。

自分のせいでこんなに女を濡らしてくれたのだと思うと、桃子が愛しく感じられてならなかった。

柔らかな太腿に両手をかけて、ラビアの間で舌先を上下に滑らせた。

「あんんっ……光太君、上手よ……」

カメラの師とあおぐ桃子が、後輩の舌戯に悦びの声を上ずらせる。

(せ、先輩のオマ×コを舐めているんだ……)

たまらず、熱い粘膜に唇を押しつけて、桃子のジュースをすすりあげる。

(んんん……なんていやらしい味なんだ。これって美人カメラマン、飯島桃子のオマ×コの味なんだぞ!)

そう思うと勃起がビンビンに硬くなった。

舌の上でじんわりと溶けていく悦び汁を唾液に混ぜて、その味を堪能する。トロトロの液体が興奮で渇いた喉を潤し、体が内側から熱くなるようだ。

「あんんっ……やんっ! 光太君、いいわっ!」

桃子がたまらぬといった風にかぶりを振って、華やかなあえぎ声をあげる。

その声の反応を頼りに、夢中で蜜壺に舌を出し入れさせた。とたんに、淫水がピチャピチャと卑猥な音をたてはじめる。

「ここも……ここも舐めて……」

桃子は太腿の間に手を差し入れると、指先で肉色のカバーを引きあげた。

すると、ブドウの皮がプルンとむけるように、美しい珊瑚色をした肉芽が恥ずかしげに顔をのぞかせる。

それは、針で突けば破裂してしまいそうなほどに膨らんでいた。しかも、卑猥な行ないを要求するようにピクピクとうごめいて、光太を誘うかのようだった。

（く、クリトリスだ……ああっ、桃子先輩のクリトリスがこんなに……）

たまらなくなった光太は、肥大した陰核を唇ではさみつけ、一気に吸いあげた。

「はぁあうぅーっ！」

その悲鳴にも似た声に、光太は思わず顔をあげた。M字に開いた太腿の向こうに、形よい乳房がブルブルとゆれている。

「こ、光太君……焦らないで。女の子の身体はとてもデリケートなのよ。もっと優しくしてね」

カメラの指導以上に、桃子の声には優しさと熱心さがこもっている。

光太は素直にうなずくと、ついばむように舌先を伸ばして花の芽に埋めた。

「はあんっ！」

美しい肢体がピクリと痙攣して、甘い感応の声が鼻にぬける。

（すごい……ちょっと舐めただけでこんなに反応してくれるなんて……）

繊細な女体を悦びへと導く愉しさに、光太は目覚めはじめていた。

今度は全神経を舌先に集中して、桃色の真珠を優しく舐めまわす。

「あふぅ……はあんんんっ……」

桃子がすすり泣くような声をあげて、フルフルと肩を震わせる。

舌上で飴玉を舐め転がすように、真珠をもてあそんだ。それは亀頭のように赤々と充血して、舌先から逃げまどうかのようにコロコロと転がった。

ふと見あげると、桃子は長いまつ毛を震わせて、厚めのセクシーな唇から熱い息を吹きこぼしている。

「あぁ……ふあぁん、上手よ。そう……そ、そうよ……」

うわ言のようにつぶやきながら、なにかをこらえるように流麗な眉をゆがめ、うなずく姿を目にして、光太の胸に熱い興奮の血潮がこみあげてくる。

あの美人カメラマンとして名高い桃子が、女陰はもとより、薄茶色の絞り穴までさらけだし、後輩の舌戯に酔いしれているのだ。

その淫ら極まりない眺めに、光太の興奮はいやが上にも高まった。

「あううっ！　そ、そこはっ！　はあああんっ！」

舌が菊穴に移った瞬間、桃子の身体がビクンと痙攣した。

その反応が嬉しくて、禁断の裏門で舌先を卑猥に躍らせる。

「だ、ダメぇぇぇ……いやんんっ！」

桃子は真っ赤に火照った顔をゆがませながら、精一杯に両腕を伸ばして光太の頭を押し戻そうとする。

しかし、ピチャピチャと音を鳴らしてアヌスを舐めると、桃子は抵抗するどころか逆に光太の頭をむっちりとした太腿の間にはさみこみ、秘部へと押しつける。

同時にヴァギナから愛液がドッとあふれだし、鼻頭が生温かい粘液で濡れまみれた。

そこから漂う成熟した女の匂いが鼻腔をしびれさせる。

（ああ、先輩のオマ×コが匂う……も、もう……たまらない……）

頭の奥までもがしびれきり、肉棒がどうしようもないほどに疼き泣いた。

光太は欲望をぶつけるかのように、激しく首を左右に振った。

菊のシワを引き伸ばすように舌を強く押し当て、しつこいまでに肛門を舐めこむ。

「あくっ！　はああんっ！　ふぁあっ……はくっうううっ……」

桃子は今までとは明らかに違う声をほとばしらせて、太腿をきつくこわばらせた。

汗に濡れた肢体をよじり、敷き布を両手でかき集め、さらには足指を反らせる。

（す、すごい……桃子先輩、こっちの穴もこんなに敏感なんだ……）

桃子の尋常ならざる乱れようを目にして、淫欲がさらに加速をつけた。

舌を筒状に丸めると、ほぐれはじめた菊壺の中へググッと突きこんだのだ。

「ひいっ！　い、いやあああああぁぁ！」

体内にこもった官能のすべてを押しだすかのように、桃子が絶叫した。

舌がすぼまりに弾きかえされる。しかし、抗うように舌を硬くとがらせて尻穴に出し入れをくりかえす。

「はあああっ！　ふあああああっ！　だ、だ、ダメぇぇぇぇ……」

男の情欲を芯からゆさぶる悩ましい悲鳴が、スタジオにとどろき渡った。

（も、もう辛抱たまらないよ……うわああ……）

桃子の声で背筋に電激が駆けぬけ、若いペニスは弾ける寸前まで勃起した。

「も、桃子先輩……」

淫液に濡れた顔をあげ、瞳の奥から窮迫を訴える。

その後輩の様子を目にした桃子は、無言のままで背を向けると、撮影の時のように四つん這いになった。

そして、催促するようにツンと巨大なヒップを天井に向かって突きあげる。

「私も……私ももう我慢できないの。光太君、後ろからきて……」

桃子の媚声がしっとりと濡れ震えた。

（うわああ……げ、限界だよ……嵐になって先輩の身体を吹き飛ばしてやるっ！）

光太は荒々しく手のひらで尻たぼをつかむと、グイっと左右に割り開いた。

「はああんっ！」

桃子の背中がしなやかなカーブを描いて、しなるように反りかえる。

ふわっと女が匂った。蜜壺はすっかりとろけきり、あたかも若茎を誘うように桃色の肉裂をヒクヒクとうごめかせている。

ブリーフをかなぐり捨てると、光太はためらうことなく秘裂に肉棒をこすりつけた。ヌルリとした粘膜の熱さが亀頭に染みてくる。

「ち、違うのっ！」

突然、桃子があわてたように声を発した。

光太はわけがわからず、そのまま欲望に従って蜜壺に勃起を突き立てようとする。

「光太君……場所が……場所が違うのっ！」

桃子はイヤイヤをするように腰を振り、光太の侵入を拒んだ。

「私だって、光太君の初めての女になりたいのよ……だから……」

一瞬、桃子は言葉を探すかのように言い淀んだ。

「だから……別の場所に光太君をちょうだい……」

その言葉と同時に、光太の目の前でヒクリ、ヒクリと裏門が収縮をくりかえした。

（せ、先輩が……俺にお尻を捧げてくれるんだ……）

胸一杯にひろがった感動は、光太のジュニアさえも凄まじく感動させていた。

さらに勃起が反りかえり、先走りをダラダラと噴きこぼす凶々しいまでの様相に、光太自身が驚いてしまうほどだった。

光太は焦れるように勃起を握った。もはや戸惑いはない。

唾液で濡れ開いた菊の花に、淫蜜と先走りで濡れた先端を押しつけた。

だが、いくら舌でほぐしたとはいえ、すぼまりは予想以上の難関だった。膨らんだ亀頭の傘を、狭い裏口が必死になって押し戻す。

「くわあぁ……」

桃子が苦しげな声をもらして、真紅の敷き布をギュッとつかんだ。

「い、痛いんですか?」

肉棒も痛みをおぼえるくらいなのだ。光太が心配するのも当然だった。

「ううん、大丈夫よ。はぁ……奥まで入れて……さあ」

その言葉に勇気を得て、光太は腰に渾身の力をこめてグイッと突きだした。

その瞬間、メリメリと音を発するかのように、肉穴が押しひろがっていく。

「くうぅぅぅ……う、うわあああぁぁぁ……」

桃子の悲鳴が喉からふりしぼられるのに合わせて、剛棒がズブズブと軋みをあげて埋まっていった。

「ふわああ……」

光太の太腿と桃子の尻肉が隙間なく張りついた。

生温かい粘膜がペニスを柔らかく包みこみ、ネットリと締めつけてくる。

(俺のチ×ポと……桃子先輩のお尻が繋がっているなんて……)

初めて体験するアナルセックスの気持ちよさ以上に、桃子のひろがりきった菊座のシワを目にする淫靡な体験の方が、たまらなく刺激的だった。後ろの隘路にズッポリと埋めこまれているのは、自分の太い分身なのだから。

「はぁぁん……」

光太が感動に胸焦がしていると、桃子が悩ましく声をあげて腰を振った。細かい汗を光らせながら、まろやかな尻肉がプリプリと妖しくゆれる。

暗黙の催促だった。

光太はゆっくりと腰を引く。すると、直腸粘膜がピッタリと肉筒に吸いついて、肛門が淫らな形にぷっくりと盛りあがる。

そのあまりに卑猥な眺めに震えながら、尻奥めがけて怒張を突きこんだ。

「あっ……ああっ……はあんんんっ……あああっ！」

いきなり激しい官能のあえぎが、桃子の口からほとばしった。

それだけではない。桃子は抽送がはじまると同時に、悶えまくり、身をよじり、激しく乱れて肉の悦びを表わす。

「ひぃぃぃぃ……いっちゃいそう……もう、いっちゃう……」

高ぶりに抗うかのように激しく頭を前後に振りたてたのも、つかの間だった。

「はあああああああああ……」

泣き叫ぶように嬌声をあげ、桃子は瞬時にして極まってしまったのだ。

グッタリと敷き布の上に上半身をうつむけ、小刻みに痙攣をくりかえしている。

「だ、大丈夫ですか?」

あまりの乱れように光太は動きを止め、勃起を引きぬこうとした。

「ああっ!　だ、ダメ……」

桃子が上体を跳ね起こした。

「つ、つづけていいのよ……桃子のお尻を使って光太君も気持ちよくなって」

かすれ声を震わせて、桃子が懇願するかのように桃尻をくねらせた。

再び腰を打ち振ると、桃子は悩ましげに裸身を悶えさせ、悦楽の声をあげはじめる。

「あっ!　ああぁ……あくっ……あくっ……あんんっ!」

グッチャン、グッチャンと卑猥な肉の摩擦音がスタジオに響き渡っていた。

「ああっ!　だ、ダメ……また、いっちゃう!」

桃子の声が光太の耳にはそう届いていた。しかし、実際に発せられているのは官能のむせび泣きでしかなかった。

「ひぃ!　ひぃ!　い、いぐぅ!　いぐうぅぅぅ……」

次の瞬間、桃子は再び喜悦の渦に呑みこまれ、全身をブルブルと震わせた。

桃色に染まった肌に汗粒がにじみ、むせかえるような女の淫臭を立ちのぼらせる。

(な、なんてスゴイ感度なんだ……)

光太が驚くのも無理はなかった。

挿入から五分と経っていない。だというのに、つづけざまに絶頂を迎えた桃子の肉体の秘密に、光太は信じられないような感動をおぼえていた。

まるで、自分が性豪になったかのように錯覚してしまうくらいだ。

(ああ、この身体……このお尻……俺、病みつきになっちゃいそうだ)

自らの分身で女体を悦びの頂点へと高まらせる悦びを、光太は初めて知った。

先輩が光太に伝えたかったのは、このことなのだろう。

「光太君……もっと……もっと、桃子のお尻をえぐってぇ……」

激しい腰の連打を期待するかのように、桃子の下半身が自律的にうごめいて、男根を支点に腰がクネクネと回転してくる。

光太は荒い息を吐きながら、破壊的なまでに菊穴を穿ちつづけた。

「あぐっ！　あんんっ！　はあぁぁぁんんっ！　あぐぐっ！」

桃子は感極まったように髪を振り乱し、あられもない悩乱の声音でよがり泣いた。

まるでケダモノのような交わりだった。

粘膜の摩擦で生じた強烈な快美感が、一気に全身を駆け巡る。

「ああっ！　で、出ちゃうよ！　出ちゃう……」

光太がついに切迫した声をあげた。

「だ、出してっ！　桃子の……お尻の中に出してっ！」

四つん這いの背がのけぞり、突きだされた桃尻が左右に激しくゆれ動く。

光太の汗がボタボタと滴り落ちて、素肌の上で弾け飛んだ。

「ひっ……いっちゃう！　いくっ！　いくぅぅぅぅぅぅぅ……」

麗しい裸体をアーチ型にしならせ、桃子が歓喜の声をほとばしらせた。

一段と激しくなった抽送とともに、若茎が痙攣するように太さを増す。

「ひぃぃぃぃぃ……」

「う、うあああ……」

光太のうめき声が桃子の悲鳴と重なった。

菊筒の奥深くでビクンビクンと肉筋が脈動して、灼熱の放出が直腸粘膜をしたたかに撃ちつける。

次々と注ぎこまれる精液を絞りとらんとでもするかのように、肛門がヒクヒクと淫らな収縮をくりかえす。

「はあああぁぁ……」

熱い息を吐きだすと同時に、光太の分身がヌルリとぬけ落ちた。

とたんに、ただれたように濡れ咲いた菊の花から、大量の粘体がドロリと流れて、酪酊の香りがスタジオを満たしていった。

「ねえ……まだ、このまま一緒にいられる？」

耳元で桃子が甘くささやきかける。

「は、はいっ！」

光太は荒い息にお腹を波打たせながら、スタジオの天井を見あげていた。

「じゃあ、次は……私の自宅で特訓しましょう」

「カメラですか？　それとも……？」

桃子は弟子の成長に満足したというように、ふふふと笑い声をあげた。

ブルーベリー色の吐息に包まれて、光太の体に新たな闘志がみなぎりはじめていた。

第五章

女優の卵 最後のシャッターチャンス

1

光太は走った。電車をおりて、ひたすら走った。

息を切らして撮影現場に乱入し、その勢いで美咲に熱い思いを告白する。

それが、光太の思い描いた筋書きだった。

(美咲は俺の女だ！　と大見得を切って西園寺をぶっ飛ばす！　よしよし……)

イメージトレーニングもばっちりだ。

愛機を収めたジュラルミンケースを肩にかついで走っていた。

それでも足どりは軽やかだ。

明け方に桃子の家から戻り、心地よい疲労感で爆睡している時だった。携帯の着信音で目を覚ますと、もうお天道様が高かった。

「もしもし、田中だ……今、西園寺のロケ現場に潜入中……」

「で、でかしたぞっ！　今から俺もそっちへ向かうからな」

「お、おい……ここに来てどうするつもりだ？」

「それはおまえが心配しなくてもいい。とにかく、俺が到着するまで撮影が終わらないように、できるだけ時間を稼いでくれ！」

そう言って電話を切ると、アパートを飛びだしたのだ。

田中の情報によると、撮影現場は羽田空港近くの空き地。航空機マニアには有名な場所で、格好の旅客機撮影ポイントなのだそうだ。

電車をおりてからはタクシーを使えば楽なのだが、正義の味方がタクシーで現われるなんて話は聞いたことがない。

囚われの美女を西園寺の魔の手から救いだす。そんな都合のよい空想が光太を走らせていた。

（確か、この辺りのはずだな……）

目の前には雑草が生い茂った原っぱがひろがっている。その空き地の中ほどに四、五人くらいの人垣が見えてきた。

（あっ！　見つけたぞ……）

その時、上空の低い位置をジェット機が通過する。辺りを包みこむ爆音とともに、純白の衣裳を身にまとった美咲の姿が、光太の心を激しくゆさぶった。

(う、うわあああ……)

現場から十メートルほど手前で、光太は急に足を止めてしまった。

レースのショールをかけてはいるが、ノースリーブからむきだしになった二の腕の雪白い肌がまぶしかった。

(て、天使みたいだ……)

そう思って目を細めた矢先、人垣がわずかに動く。

その瞬間、垣間見えた美咲の下肢に、光太はクラクラとめまいをおぼえた。

(み、ミニスカート！　なんてオイシイ衣裳を美咲さんに着せているんだっ！)

あたかもウエディングドレスのように見えていた衣裳は、極端にスカート丈の短いワンピースだったのだ。

しかも、長く美しい脚が白いニーソックスに包まれ、むっちりとした太腿があふれだしている。スカートとソックスにはさまれたゾーンからのぞく生脚が、これほどまでに鮮烈なインパクトがあるとは……。

(エロいぞ、西園寺！　でも美咲さん、メチャクチャ可愛いぞ！)

光太は魅入られたようにフラフラと歩みを進めた。

この時点で、勢いこんで撮影に乱入するプランは、絵に書いた餅となったわけだ。

美咲をとり囲んだスタッフには同じゼミの学生も見受けられた。

そして、西園寺はというとディレクターズチェアにふんぞりかえって座っている。

だが、撮影の準備に忙しいためか、誰も光太の姿に見向きもしない。

と、ここへきて、光太はやっとあることに気がついた。

(あれ？　田中のヤツ……どこにいるんだ？)

確か、電話では撮影に参加すると言っていたはずだった。

辺りを見渡した次の瞬間、光太は思わず叫び声をあげてしまっていた。

「あああっ！」

その声に西園寺が立ちあがって振りかえる。美咲や撮影スタッフの視線も光太に集まっている。

そんな中、変わり果てた姿になった田中の元へ、光太は一目散に駆け寄った。

「た、田中！　なにがあったんだ⁉」

光太があわてるのも無理はなかった。

隅の方でパイプ椅子に座らされた田中は、椅子ごとガムテープでグルグル巻きにされていたのだ。

(ち、畜生……許さんぞ、西園寺！)

囚われの田中を前にして、悪に立ち向かうヒーローになったような気分だった。

「山田！　撮影を妨害するために、おまえが田中をもぐりこませたんだな！」

西園寺の声が機先を制するように響いた。

その横では心配そうな表情の美咲が、成りゆきを見守っている。

（な、なんだかこりゃあ……雲行きが怪しいぞ……）

思わぬ展開に光太はうろたえた。

撮影の妨害が目的ではなかったものの、田中を送りこんだのは事実なのだ。とにかくここは、田中に事情を聞いてみるのが早いと思った。

「お、おまえ……なんでこんな格好になってるんだよ？」

椅子の脇にしゃがみこみ、小声で話しかける。

「いや、それがな……時間稼ぎをしていたら、最後にはこの有りさまだ。面目ない」

本当に申し訳ないといった表情で、田中が巨顔をゆがめた。

「時間稼ぎって……一体、なにをやらかしたんだ？」

「最初のうちはスタッフに話しかけたりして進行を遅らせていたんだが……」

「うん……」

「無視されはじめたから……最後の手段として、尻を出して踊ったんだ」

「はあ？」

どういう最後の手段なのか、光太にはさっぱりわからなかった。

というより、ここにきて田中の人間性に疑問さえ抱いた。

だが、田中が必死になって撮影を引き延ばそうとしてくれたのは確かだ。

(田中、すまん……おまえの骨は俺が拾ってやるからな……)

光太は、田中の友情に心の中で詫びると、大声で言い放った。

「西園寺。撮影を妨害するつもりはなかった。田中の尻のことは忘れてくれ!」

「おいおい、山田……俺の苦労も知らんと……」

田中がガムテープでがんじがらめにされた体をゆらして抗議しているが、今はそれにかまけている時間はなかった。

「今ここで、白黒はっきりさせたいことがあるんだ!」

光太はそう叫ぶと、一歩、また一歩と美咲の元へ足を進めた。

2

「佐倉さん……山田光太ですっ!」

精一杯の大声を張りあげた。

目の前で大声を出されたものだから、美咲は驚いたように肩をすくめる。

「は、はい……先日、学食で声をかけてくださいましたよね」

だが、すぐににっこりと微笑んでくれる。

天使の微笑だった。どこからどう見ても、美咲は透明な翼をつけた天使だった。

（誰がいようと構うものか……俺は、美咲さんにモデルを申しこむぞ！）

美咲が自分を覚えてくれていたことで勇気がみなぎった。

西園寺が見ている前だからこそ言えると思った。ライバルは、そこにいるだけで闘志をかきたててくれるものだからだ。

「俺……佐倉さんをモデルに撮影したいって、ずっと思ってました」

ひるむことなく、今度こそ言えた。

「おい、山田……後だしジャンケンみたいな子供じみた真似をするなよ！」

西園寺が近づいてきて、噛みつくように声を荒げた。

そんな西園寺を無視して、光太はジュラルミンケースから写真の束をとりだす。

「これを……佐倉さんに見て欲しくて……」

震える指先で差しだした写真を、美咲はきょとんとしながらも受けとってくれた。

「こ、これは……？」

ところが写真に視線を落とした瞬間、その美貌から微笑みが消えた。

次々と写真を目にする美咲の表情には、みるみる驚きがひろがっていく。

「す、すいません！　勝手に撮影してました！」

光太は深々と頭をさげて、潔く謝った。

嫌われてしまうかもしれない。そう思うと怖かった。しかし、この写真を見てもらわないことには、自分の情熱は伝わらないとも思った。

来る日も来る日も屋上から撮りつづけた美咲の写真。

それは、光太の情熱の証しであり、誇りでもあったのだ。

「お、おまえ……佐倉さんを盗み撮りしてたのか!?」

美咲の横から、西園寺が写真をのぞきこんだ。

「おまえに、俺の気持ちがわかってたまるかっ！」

鼻息荒く突っかかってきた西園寺に向かって、光太が怒鳴りかえす。

その次の瞬間、右ストレートが炸裂した。

予定通りのシナリオで事が運んでいる。

と言いたいところだったが、ぶっ飛ばされたのは光太の方だった。

「ぐわっふ！」

あごに強烈な衝撃を感じたとたん、後ろに倒れこんでいた。

「卑劣なっ！　帰れ！」

そう叫ぶと、西園寺は写真の束を美咲からとりあげ、光太に向かって投げつけた。

口の中に鉄の味を感じながら、あお向けに寝転んで空を見あげる。

（なんだよ……結局は俺がワルモノかよ……）

空が青かった。秋空に千切れた雲が流れていく。美咲の笑顔が風に舞った。

「さ、西園寺さん……暴力はいけないですよ」

美しい声が頭上から響いた。天使の歌声のようだった。

「山田さん……大丈夫ですか？」

美咲が傍らにしゃがみこみ、心配そうに顔をのぞきこんできた。

（は、白衣の天使だ……現代によみがえったナイチンゲールだ……）

光太は感動に震えながら、懸命に上半身を持ちあげる。

しかし、視線をあげた刹那、地べたから飛びあがってしまいそうになった。

（う、うそっ！　ぐ、ぐわああ……）

スカートの隙間から、白い布切れが垣間見えていた。

むっちりと折れ曲がった太腿の間に、小さな純白のショーツが渡っている。

天使のような美咲であろうと、その薄布の奥には女性だけが持つ神秘の花園がひろがっているのだ。

西園寺のパンチより、美咲のパンチラの方が威力は凄まじかった。

（や、やばい……こんな時だっていうのに、勃起しちゃうよ……）

と考えた時には、すでに股間は張り裂けんばかりにギンギンになっていた。出モノ腫れモノ所かまわず、とはまさにこういう状況を言うのだろう。

殴られてもいない鼻から、鼻血が噴きだしてしまうのではないかと思った。

だが、そんな好色な視線に美咲は気づく様子もない。それどころか、驚くべきことに散らばった写真を拾い集めはじめるではないか。

一枚を手にしては丁寧に土を払い、写真を見つめる。また一枚拾っては、写真の中の自分の姿にじっと目を凝らす。

（美咲さん……）

その瞳が次第に濡れたように潤んでいくのを、光太は黙って見つめていた。

いや、光太だけではない。その場にいる誰もが、ミレーの絵画を鑑賞するように美咲の神々しい姿を見守っている。

写真をすべて拾うと、突然、美咲が立ちあがった。

「私……山田さんに写真を撮ってもらいたいです」

光太の耳には、その声があたかも白い雲の上から届いたように感じられた。

「ほ、本当ですか……？」

そう光太が声を震わせるのと同時に、西園寺が口を開いていた。

「ちょっと待って！　誰に撮影してもらおうとそれは佐倉さんの自由だ。けど、盗み撮りするような野郎のモデルになることはないんじゃないかな？」

「でも……私……」

美咲はふくよかな胸に写真の束を優しく抱くと、キュートな困り顔になった。

西園寺に対する気使いもあるのだろう。しかし、それよりも二人のカメラマンに撮影してもらいたいと思う自らの貪欲さに戸惑っている風でもあった。

「お、俺にも撮らせてください、お願いします」

光太は泥だらけの体を素早く起こすと、ひざまずいた。

そして、無意識のうちに両手をついて頭を地面にこすりつけていた。その姿はあまりに無様だったかもしれない。だが、必死だった。

「は、はい。こちらこそ……よろしくお願いします」

あわててしゃがみこんだ美咲が、目の前に両手を差し伸べてくれる。

その時またしても、美咲のミニスカートからVゾーンが見えた。

(ああ、本当に天使だ……白いショーツの天使だ……)

内股の白い素肌がまぶしかった。純白のショーツが痛いくらいに目に染みた。

光太は夢見るような心地で、美咲の手を握る。その手は驚くほどに柔らかく、ほんのりと汗ばんでいた。

(ああっ！　こんな風にショーツの中も温かいんだろうなぁ……)

カウパー氏腺液が大量放出されていた。このまま美咲のショーツを見つづけていたら、射精してしまうと思った。

「ふん……まあ、いいだろう。これで面白くなったな」

馬面に不敵な笑みを宿して、西園寺がいきなり光太を指差した。

「山田！　佐倉さんの写真で勝負だ！」

「おうっ！　望むところだ！」

売り言葉に買い言葉で、モッコリもそのままに光太は勢いよく立ちあがった。

「勝った方が……今後、佐倉さんを撮影する権利を得るってことにしようぜ。負けたら、潔く身を引く……どうだ？」

「そ、その条件、承知した！」

精一杯に強がって、光太は胸を反らせた。

男と男の勝負に善も悪もなかった。あるのはプライドを賭けた闘い。それだけだ。

（ライバルっていうのは、こうじゃなくちゃな……）

単なる敵ではなく、好敵手となった西園寺を光太は強い眼差しでにらみつけた。

その傍らでは、美咲が心配そうに二人の男を見つめている。自分のために男たちが争うとは思ってもみなかったことだろう。

（美咲さん……こういうバカげた闘いをするのが男ってものなのさ……）

光太は美咲に微笑みかけ、クルリと背を向けて歩きはじめた。

だがその時、背後から悲痛な声が響いた。

「や、山田、お、俺を置いていくなよっ！」

正直なところ、田中のことなどすっかり忘れていた。

（田中よ。おまえが出してくれたケツを、俺は無駄にはしなかったぞ……）

光太は振りかえらずに、その場を去ることにした。

せっかくカッコよく決まったのだ。

田中には後で謝ることにして、とにかく今は西園寺との対決に向けて鋭気を養わなくてはと考えていた。

3

「は、薄情者！」

田中の怒声が響いた。

「だから謝っているだろう。この通りだ」

光太はテーブルに両手をついて、深く頭をさげる。

二人は大学近くのカフェにいた。

午後の明るい光が射しこむ店内には、キラキラとした女子大生たちの姿が目立つ。

そんな中、窓際に座った男二人は浮いた存在になっていた。

「昨日はあの後、佐倉さんが俺のガムテを全部はがしてくれたんだからな」

「なっ、いい子だろ？」

「そういう問題じゃない！　とにかくだ……彼女の携帯番号を聞いてきてやったんだ。その礼もたっぷりしてもらわんとな」

そう言いながら田中は特製パスタをペロリと平らげ、今はデザートに和栗パフェを頬張りカプチーノを飲んでいる。当然、光太のおごりだった。

確かに田中の貢献度を考えれば、一度の食事くらいでは割に合わないかもしれない。尻を出して踊ったことを差っ引いてもだ。

「いやホント、おまえには感謝してるよ」

田中が携帯番号をゲットしてくれたおかげで連絡がとれたのだ。撮影の打ち合わせのため、美咲が午後三時にこのカフェに来てくれることになっていた。

「そろそろ時間だな……田中、おまえは大学に戻ってくれよな」

「おいおい……俺にももっと出番をくれよ。それにな、いいアイデアがあるんだ」

こんな時に田中が考えつくアイデアなど、ろくでもないに決まっている。

「あのな、こっちの席からカンペを使って俺が指示を出してやるよ。会話につまったら俺を頼ってくれ……名づけて二人三脚大作戦だ！」

案の定、ろくでもないアイデアだった。

「二人三脚って……おまえが足を引っ張るって意味か？」

「まあ、そう言うな。女にモテない者同士で力を合わせたら、おっとビックリ、モテモテ君に大変身作戦……がいいか？」

「そんなことは、どっちでもいい……な、早く店を出てくれ。頼むよ……」

なんとしても居座ろうとする田中を追いだし、光太はホッと胸をなでおろした。

しかし、一人になってみると、緊張で喉が渇いてしょうがなかった。光太は冷めたコーヒーで喉を潤しながら、何度も腕時計で時間を確かめる。

それからほどなくして、美咲がカフェの入口に姿を見せた。

（き、来たーっ！　ほ、本当に来ちゃうんだな……参ったな……）

女性と喫茶店で待ち合わせをするのは、生まれて初めてのことである。

イタリアの首相が専用機に乗ってピザの宅配に来てくれた、というくらいに光太にとっては衝撃的で歴史的な出来事だった。

つぶらな瞳をキョロキョロと可愛らしく動かして、美咲が光太の姿に気がついた。

襟と袖口にレースが使われた純白のブラウス。丈の長い黒のプリーツスカート。そのフェミニンで清楚な装いは、やはりどこからどう見ても完璧だ。

にわかに緊張が高まりはじめる。胸の中で心臓がグリンとひっくりかえってしまうような緊張感だった。

「こんにちは。お待たせしました」

美貌に笑顔がこぼれた。キラキラと星が舞い散るような極上の艶微笑だ。

「きょ、今日はすいません……お時間を割いてもらっちゃって」

喉元に緊張がこみあげて、声が上ずってしまう。

恥ずかしかった。今すぐ逃げだしたいくらいだった。だが、逃げたくても膝が震え、体が言うことを聞かないかもしれない。

紅茶をオーダーして美咲が席につく。可憐な微笑みに見つめられていた。

小さな丸顔に大きな瞳。少女マンガのヒロインのように星型のアイキャッチが光を反射している。

キュンと突きだした愛らしい唇。笑うとこぼれだす白い歯。艶やかなストレートの黒髪には、キューティクルの輪が輝いている。

(や、やっぱり天使だ……地上に舞いおりた天使が俺に逢いに来てくれたんだ!)

このまま目の前の天使を黙って見つめていられたら、どれほど幸せだろうか。

(でも、こんな時……なにを話したらいいんだろう……)

せっかく二人きりで話せる初めてのチャンスだった。それなのに、光太はどうしてよいのかわからず、空になったコーヒーカップを何度も口に運ぶ。

中学、高校と男子校だった。家族には姉も妹もいない。であるから同世代の女性と話をした経験が、光太にはほとんどないのだ。

「ここは大学から近いですし、よく来ているんですよ」

美咲が話を先に切りだしてくれた。

「山田さんも、ここのカフェはよく利用されるんですか？」

「あ、いや……俺はあまり……」

光太は首を前後にゆらし、後頭部をポンポンと手で叩きながら言葉をにごした。

本当はこのカフェに来るのは初めてなのだ。行きつけの店というと牛丼屋と雀荘くらいのものだったが、そんなことを言ったら失笑を買うだけだろう。

（そうだ、そうだ……女の子は褒められることが好きなんだよな……）

師匠である桃子の教えが、脳裏にひらめいた。

「す、すごく白がお似合いですね……」

沈黙を恐れるかのように、光太はあわてて口を開いた。

「あ、お洋服ですか？　ありがとうございます。白は好きな色なんです」

美咲がはにかんだように答えてくれる。

（や、やっぱり、白が好きなのか。白……白……白っ！）

白いミニスカート。白い太腿。そして、汚れなき純白のショーツ。

頭の中が一瞬にして、真っ白に染め変えられていた。心が不穏なほど桃色にときめいて、今にもピーンと股間が緊張してしまいそうだった。

「そういえば……撮影では、どんなお洋服を着たらよいでしょうか？」

そう言って、美咲がティーカップに口をつけた。

愛くるしい唇が紅茶でしっとりと濡れ、頬に温かみのある桜色が浮かぶ。

「あ、えっと……」

美咲のショーツは思っても、衣裳については少しも考えていなかった。

本当はミニスカートという言葉が、黒魔術の呪文のように脳裏で点滅していた。しかし、そんなスケベ根性丸だしな提案などできるわけもない。

「どちらで撮影の予定ですか？」

そう質問されて、ロケ場所さえ考えていなかった光太はさらに焦った。

（ど、どうしよう……困った。こんな時に田中がいたらな……でも、あいつのことだから、寺か神社にしろって言うんだろうな）

目の前にいるこの天使のような女性をどこで撮影するのが最も効果的なのだろうか。

光太は必死になって脳細胞をフル稼働させた。

けれども、イメージを膨らませようとすればするほど純白のショーツを思い出し、股間ばかりがムクムクと膨らみはじめてしまう。

「海！　海なんてどうでしょう？」

それは本当に思いつきだった。苦しまぎれの口からデマカセとも言う。

けれど、美咲の美貌がパッと輝いた。

「あっ、ロマンティックですね。季節外れの海……」

「青い海に白い衣裳の美咲さん。イメージ湧いてきたなあ……あっ、美咲さんって呼んでいいですか？」

調子に乗りすぎて恐縮する光太に、美咲は温和に微笑みかけてくれる。

「うふふ。お友だちにも美咲って呼ばれていますから、下の名前で呼んでください」

「あ、あは……よかった。じゃあ、俺のことも光太って呼んでもらえます？」

と言ってから、厚かましかったかと反省して美咲の顔色をうかがう。

「じゃあ、光太さん……」

美咲のはにかんだ笑顔が本当にキュートだった。

（ああ、美咲さん……今すぐにでもその笑顔を撮影したいくらいだよ！）

女優の卵で大学一の美人。そんな女性への憧れからはじまった光太の思いは、美咲という一人の女性に対する恋心に変わろうとしていた。

「わああっ！　光太さん、見て見て！」

華やいだ声をあげながら、美咲が砂浜を駆けだした。

緑に眠る秋の海にはサーファーの姿もなく、長くつづく砂浜は二人だけのプライベートビーチとなっていた。

カフェでの打ち合わせの翌日。美咲は白いキャミソールドレスを身につけてきてくれた。

スカート丈が長く、紺色のボレロを羽織っているので肌の露出は少ない。しかし、清らかでお嬢様然とした美しさが、光太の胸を苦しいくらいにときめかせる。

「はあ、すごい綺麗ですねえ……本当に美しいなあ」

光太は目の前にひろがった海にかこつけて美咲を褒めていた。

透き通るように白い頬の内側からにじみだす桜色。薄っすらと開かれ、濡れたように輝く花びらのような唇。その美貌が、光太の想像をかきたててやまない。

純白の衣を持ちあげた胸の頂点にも、桜色の秘密が隠れているのだろうか。

閉じ合わされた太腿のつけ根には、ピンクの濡れ花がほころんでいるのだろうか。

(ああ、美咲さんのヌードが撮影できたらな……)

そんな風に妄想をたくましくしていると、下半身までもがメキメキとたくましくなってしまいそうだった。

「あんっ……撮影がはじまる前から、そんなに見つめられたら恥ずかしいです」

美咲があわてて瞳を伏せた。

パッと桜の花びらを散らしたように、初々しい恥じらい色が頬にひろがっていく。

(か、可愛い……こんな可愛い子と一緒にいて、バチが当たらないかな)

本当に心からそう思わずにはいられなかった。

電車での移動に加えスタッフはカメラマンの光太のみ。機材も最小限だった。西園寺の撮影を経験している美咲に馬鹿にされていないかと不安にもなる。

ところが、そんな不安を和らげてくれるかのように、美咲は嬉しそうに笑い、楽しげに話しかけてきてくれる。

「あのね……お弁当、作ってきちゃいました。サンドイッチはお好きですか?」

「は、はい! 大好物です。三度のメシよりサンドイッチが好きなくらいで」

「うふふ……よかった!」

無邪気に笑う美咲を見ていると、デートをしているような錯覚に陥って、光太の期待はドキドキワクワクと煽りまくられてしまう。

デートはもとより、女性とこれほど急速に仲よくなった経験もない光太にしてみれば、夢かと疑いたくなるような幸福な時間がつづいているのだ。

だが、どうしても聞いておかなくてはならない質問が残っていた。

「なぜ……俺なんかのモデルをOKしてくれたんですか?」

答えを聞くのが怖いような、期待で胸が弾むような複雑な心地がしていた。

「それは……」

少し間を置いて、言葉を選ぶように美咲が口を開いた。

「光太さんが私を撮影した写真を見せてくれたでしょう」

「盗み撮りなんて、よくないですよね……反省してます……」

「でもね……光太さんの写真、どれも私の素の表情が写っていて、とても嬉しかったんです。本当は、こんな風に写真を撮って欲しいと思っていたから……」

そう言って、白く長い指先に美咲は瞳を落とした。

もしかすると、西園寺の大掛かりな撮影に対して、美咲は違和感をおぼえていたのだろうか。あんな衣裳を着せられて戸惑っていたのだろうか。

光太は美咲の心の中を読み解こうとして、その美貌をじっと見つめた。

「学食で声をかけてくださった時には、すごく驚きましたけど……」

美咲が瞳をあげて、にっこりと人懐っこい笑みを浮かべた。

「あ、いや……あれは……」

今度は光太が照れて、目線をそらしてしまった。

「でも、写真を見てわかったんです。きっと、この人はずっと私のことを見つづけてくれていたんだって。そう思ったら急に胸が熱くなってしまって……」

写真を見つめていたあの時のように、美咲の瞳がウルウルと潤みを増していく。

（ああ、なんて……いい子なんだ……）

光太は声を失った。

泣いてしまいそうなくらいに感動しているのは、光太の方だったのである。

美咲を見ていると、本当に天は二物も三物も、贅沢に与えてしまうのだなと思えてくる。この美貌、抜群のスタイル、そして純真にして可憐な性格……。

それに引き換え、自分にはなんのとりえもないと思った。

しかし、これほどまでに美しい女性を撮影できる機会が与えられたのだ。

女性を美しく撮影する才能。それが、カメラの神から唯一与えられた自分の才能なのだと光太は信じたかった。

4

カシャ！　カシャ！　カシャ！

波の音を縫ってシャッターが鳴り響く。

「少し肌寒いかもしれないけど、上を脱いでもらえますか」

砂浜にしゃがみこんで、光太はカメラを構える。

その指示にこっくりとうなずいて、美咲が砂浜にボレロを脱ぎ落とした。

宝石を散りばめたような波光が、目の前できらめいている。その柔らかな光を背にして、美咲の白いシルエットが浮かびあがった。

(ああ……な、なんていう美しさなんだ!)

心の中に大量の感嘆符を並べて、光太はファインダー越しに美咲を見つめた。

二の腕の匂やかな素肌が白くさえ渡り、深く窪んだ鎖骨の下では、柔らかそうな胸の丘がふっくらと布地を持ちあげている。

潮風に黒髪がたなびくと、まるでヴィーナスが白い波間から現われたようだ。

(う、うわああ……)

光太はファインダーを食い入るようにのぞきこんでいた。

光を透かしたキャミソールに、艶めかしいボディラインが浮かびあがっているのだ。

驚くほどに高い腰の位置。くびれきったウエスト。長くしなやかな美脚。

スレンダーでありながら、まろやかに波打つ曲線が、胸を甘くしびれさせる。

カシャ! カシャ! カシャ!

つづけざまにシャッターを切る。

(ああ、すごいよ……目の前に美咲さんがいるなんて……俺のカメラの前にいるなんて信じられないよ)

思う存分、憧れの美咲を撮影できる悦びが、ひたひたとこみあげてくる。
つい先日まで、コソコソと盗撮していた日々が、今では懐かしく思えるほどだ。
「笑顔がいいですか？」
美咲が少し困ったように、おうかがいを立ててくる。
「どんな表情でも……美咲さんの今の気分のままで」
作り笑顔などいらなかった。自然に湧きあがってくる笑顔を撮影したいのだ。
（それに、美咲さんはどんな表情だって……）
そう心の内で思ってから、光太はハッとした。
「美咲さんはどんな表情だって抜群なんだもの！　すっごく綺麗ですよっ！」
思いを大声にして伝える。カメラマンの心得だ。
その瞬間、美咲の恥じらうような笑顔が満面にあふれた。
美しい微笑みがキラキラと光になって、青い空と緑の海に溶けていくようだ。
（か、可愛い……好きだよ美咲さん……君が好きだよ！）
光太は彼女への思いを胸一杯にこみあげさせ、感動をそのままフィルムに残す。
カシャ！　カシャ！
シャッターを切るたびに、美咲に寄せる思いが募っていく。
海に向かって好きだと叫びたいくらいだった。けれど、グッと気持ちを抑えて、カメラマンに徹した。西園寺との写真勝負に勝つことが先決だからだ。

「裸足になって、波打ち際まで歩いてくれますか」

その指示で、美咲がミュールを脱いで砂浜にそろえる。

だが、波につま先を濡らした瞬間、彼女は怖気づいたように後ずさりした。

秋の海がどれほど冷たいものか、光太は失念していたのだ。

「よおしっ！」

光太はいきなりスニーカーを脱ぎ捨てると、かけ声もろとも海に突進した。ジーンズの裾が濡れるのも厭わず、バシャバシャと海水を蹴りあげる。

「ここから撮影するから……ほら、美咲さんも……」

浅瀬に立って、おどけた顔で美咲を見つめた。

けれど、足の先から冷気が染みこんで、仔犬のようにブルブルと身震いしてしまう。

「うふふ……」

美咲が愛らしく笑った。心の底から楽しそうに笑っている。

その反応がなにより嬉しくて、光太は海水の冷たさなど気にならなかった。

「キャッ！」

優美な眉をゆがませて、美咲が可愛く悲鳴をあげた。

打ち寄せる波が白いふくらはぎで弾けて、キラキラと水玉が舞いあがる。

「あん、濡れちゃう……やんっ！」

艶声を発したかと思うと、美咲はスカートをたぐりあげて波と戯れはじめた。

水しぶきをあげてはしゃぐ彼女の足元でスカートが跳ねあがり、チラチラと膝頭や太腿が見え隠れする。

膝から下はすらりと長いのに、太腿はまろみを帯びた柔肉ではちきれそうだった。

（しゃ、シャッターチャンス！）

思わずかがみこんで、アングルをグイッとさげた。

とたんに下半身が水没して、ブリーフに冷たい水が染みこんでくる。

（くぅぅ……が、ガマンだ！　いい写真が撮りたければガマンも大切だぞ）

光太は自分のエロ心を写真至上主義に都合よく転嫁して、自らに言い聞かせる。

しかし、そんなエロカメラマンの苦労は報われた。

まるで、ローアングルに応えるようにして、美咲がさらにスカートの裾をまくりあげてくれたのだ。もちろん、本人は無意識にしたことなのだろう。

次の瞬間、目にも鮮やかな純白の閃光が、光太の瞳を射ぬいていた。

（ああっ！　美咲さん……今日も白なんだ……）

それは一瞬だった。だが確かに、ムチムチとした太腿の間に白い光が見えた。生々しく膨らんだ美咲の股間に、純白のショーツがピッチリと貼りついていたのだ。

カシャ！　カシャ！　カシャ！

波を受けて腰が砕けそうになりながらも、狙いを定めてシャッターを切る。

言ってみれば、単なる布切れがほんの一瞬垣間見えただけなのだ。なのに、なぜこうもパンチラは男心をときめかせてくれるのだろうか。

光太の股間が一気に膨張した。季節外れの海で、季節外れの花火を打ちあげてしまいそうなくらいに肉棒が脈動していた。冷たい波に勃起が洗われる。それでも、股間を覆う熱気は冷めやらなかった。

海からあがった二人は、海岸を移動しながらの撮影をつづけた。

太陽と海を背にして、優雅に髪をかきあげている美咲のショットは、特に絶品だと思えた。合評会でお披露目する写真の第一候補だ。

(でも待てよ……誰が撮影したって、美咲さんは綺麗に撮れるんじゃないか？)

ふと、自問してみる。

美咲は本当に美しい。そこにいるだけで印象派の絵画のようになる。だが、よくよく考えてみるまでもなく、西園寺のモデルも彼女なのだ。

「おまえ、あざといよ。モデルのキャラに頼りすぎていないか？」

そんな田中の声が聞こえてくるようだった。

(どこかおかしいな……きっと、なにかが足りないんだ……)

撮影には一切の妥協も許されない。なぜなら、これは負けるわけにはいかない闘いだからだ。なにせ美咲がかかっている。しかし、誰が見ても感動できる写真でなければ、勝利をつかむことなどできはしないだろう。

（信頼関係……そうだ、不足しているのは信頼かもしれないな）

光太はカメラの師匠である桃子の言葉を思い出していた。

撮影者と被写体に恋愛感情のような信頼がなければ、いい写真は撮れない。

そんな風に、桃子は教えてくれたのだった。

（でもな、こんな短い時間で、恋人みたいな信頼関係を作るなんて無理だよ……）

カメラを顔から離して、光太は途方に暮れたように空を見あげた。

そんな煩悶をあざ笑うかのように、遠くから雨雲が静かに近づいてきている。

（そ、そんな……どうしよう……）

にわかに光太は焦りをおぼえた。

晴れ間がのぞいている時間はもう長くないだろう。

時間もなければ、信頼関係さえも生まれていない。敗北の二文字が不吉な黒い雲と一緒に迫ってくるようだった。

「光太さん？」

呆然としている光太に向かって、突然、美咲が声をかけた。

「大丈夫？　なにか考えごとをしているようでしたけど」

「あ、うん……どうやったら西園寺に勝てるのかって、考えていたんです……」

ついもらした光太の言葉に、美咲の表情までもが一瞬、かき曇ってしまう。

だが、美咲はすぐに微笑みを浮かべると、物静かな佇まいで口を開いた。

「私ね……光太さんと西園寺さんを見ていたら、すごく羨ましくなったんです。女の子には入りこめない世界だなって……」

酔ったような艶っぽい表情を美咲が垣間見せた。

「でも……男の人はいつだって、恋よりも自分の夢を優先させるんですよね」

その声には、女のやるせない思いがこめられているようだった。

「美咲さん……」

光太も美咲をじっと見つめかえした。

美咲を撮影する権利を賭けた勝負だった。もしかすると、男同士の写真勝負に利用されていると彼女は感じているのだろうか。

どちらにしても勝負に負けた者は、二度と美咲を撮影できなくなるのだ。

（美咲さんを撮影するのは、これが最初で最後になるかもしれないんだな……）

そう思うと、急に胸が引き絞られるような痛みをおぼえて、光太はうつむいた。

手元では愛機が黒い光を放っている。

機材もスタッフも洒落た衣裳も光太にはない。あるのはカメラだけだと思った。

その時、恩師の言葉が脳裏をよぎった。

「勇気をふりしぼって！」

つづけて、親友の言葉が聞こえてきた。

「おまえに賭けたからな！」

師匠の言葉を胸によみがえらせる。

「ファインダーから目を離さないで！」

カメラだけが味方ではなかった。自分には思いを寄せてくれる人たちがいるのだ。

それに、美咲にかける情熱は誰にも負けないはずだ。

「俺……ずっとずっと、美咲さんのこと見てきました」

光太は再びカメラを構え、ファインダー越しに話しかけた。

「君を初めて見かけた時から、雷に打たれたみたいになって……」

本当に、遠くで雷鳴がとどろいていた。だが、それに構わず言葉をつづけた。

「いつか、美咲さんの写真を撮りたいって……それが俺の夢だったんです」

頬に恥じらいを輝かせた美咲の美貌が、海からの光で鮮やかに照らしだされている。

その汚れなき瞳は海水をたたえたかのようにキラキラと潤みはじめていた。

「カメラマンになるのが俺の夢です。そして、美咲さんの笑顔を撮影することが、俺の夢を実現させるための最初の一歩なんです……」

こみあげてくる激情で、胸がつまって言葉を繋げられないと思った。

「光太さん……」

美咲の震え声がした。

その声に、光太を支えてくれる人たちの励ましの声が重なって聞こえてきた。

光太は愛機のグリップを力強く握りしめ、燃えあがる情熱を一気に吐きだした。

「す、好きです……」

光太の声も震えていた。

「だ、大好きです！　恋も夢も……俺は同時につかみとりたいんだ！」

心も体も、震えてしまっていた。

光太を見つめて立ちつくした美咲の瞳からは、今にも涙がこぼれ落ちそうだ。

カシャ！

その瞬間、涙がコンタクトレンズのように盛りあがり、海の光を写しとった一滴の真珠がキラキラと輝きながら頬を伝った。

カシャ！

うたかたのように消えていく瞬間、瞬間の感動を心のレンズで撮影する。

背景に海など入っていなかった。それでも構わないと思った。

今この時にしか見られない美咲の表情だけが重要だった。美咲の流してくれた涙こそが、光太にとっての海だったのだ。

カシャ！　カシャ！　カシャ！

少しずつ近づいてシャッターを切りつづける。

真珠玉があふれるように、次から次へと涙がこぼれ落ちていく。

「私も……私も好きです……」

声にならない言葉を吐息のようにもらして、美咲の唇がかすかに動いた。

「美咲さん……」

思わず美咲に口づけていた。柔らかな唇だった。

とろけるような甘いキス……その瞬間、永遠のように時間が止まっていた。

二人を祝福するかのように、絡み合った足元で波がキラキラと弾け飛んだ。

5

仲睦まじい二人に水を差すように、激しいスコールが降りそそいできた。

「美咲さん……こっち、こっち！」

カメラを必死にかばいつつ、美咲の手を引いて砂浜を駆けだす。

しっかりと手を繋いで走った。大きな雨粒に打たれていても、口づけで火照った体には心地よいくらいだった。

わーきゃーと半笑いで悲鳴をあげながら、二人は近くの軒先に駆けこんだ。

「季節外れの夕立でしょうか？」

肩で息をしながら、美咲が雨空を見あげて言った。

夏場は海の家として利用されているのであろう簡素な木造の建物。その軒先で二人は濡れた体を寄せ合っていた。

「しばらくは、ここで雨宿りだね」

そう声をかけてから横を向いた瞬間、光太はハッとして目を見開いた。

シャワーのような雨に洗われ、美咲の艶やかな黒髪がしっとりと濡れていた。さえたように白く輝いた頬を幾筋もの水が伝い、細いあごへと流れていく。

（ああ、なんて……なんて美しいんだろう……）

濡ればんだ素肌から、えもいわれぬ色香が匂い立つようだった。

その時、近くで雷鳴がとどろいた。

「キャ！」

小さな悲鳴をあげて、美咲が身体を寄せてくる。

光太はこれ幸いとばかりに、美咲の肩を抱いた。柔らかな身体が震えている。

「寒くない？」

光太の問いかけに、美咲は首を横に振って光太を見つめた。

濡れた髪から甘い香りがほのかに立ちのぼってきている。

（う、うわあああっ！）

なにげなく視線をさげたとたん、光太はブルブルと震えが止まらなくなった。

寒かったわけではない。濡れそぼったキャミソールが美咲の素肌にピッチリと貼りついて、見事な曲線美が浮き彫りにされているのを目撃したためだった。

美咲はきょとんとした顔で、光太の驚いた表情をしばし見つめていた。

しかし、小作りな顔がうつむけられた次の瞬間だった。

「あんっ！　う、うそぉ……」

悩ましい震え声をあげて、美咲が身体をよじった。

濡れた着衣が肌にまとわりついていることに、ようやく気がついたのだ。

「や、やだ……」

身悶えするように両腕で身体を隠しながら、美咲があわててしゃがみこんだ。

白いうなじに濡れたほつれ毛が絡んでいるさまが、官能美をいっそう際立たせる。

（ああ、今の美咲さんをカメラに収めたい。そして、美咲さんを抱きたい……）

そんな淫らがましい欲望の荒波が、一瞬にして体中を駆け巡った。

緑濃い海面を大粒の雨が叩きつけていた。雨は一向にやむ気配がない。

「ねえ……いつまで、そうしているの？」

できるだけ優しく語りかける。

美咲が白い頬を痙攣させ、すがるような眼差しで光太を見あげた。

「ほら、立って……ねっ」

抱きかかえるようにして美咲を立ちあがらせる。

「み、見ないで……光太さん……」

恥じらいを目元ににじませながら、美咲が両腕で濡れた身体をかばった。

だが、そのか細い腕では、すべてを隠しきれるわけでもない。薄布がフィットした胸元に、ブラにほどこされた花の刺繍が浮かびあがっていた。

しかも、太腿のつけ根では白いショーツが輪郭を現わし、女の丘がこんもりと盛りあがっているではないか。

「美咲さん……」

劣情を見透かされぬように、恥じらう美咲の顔をじっと見つめた。

美咲の瞳は潤んだままだった。しっとりと濡れた瞳は、羞恥とともになにかを期待するかのような輝きが満ちている。

光太がそっと顔を近づけていくと、美咲が静かに瞳を閉じた。

桜貝のように透き通ったまぶたの縁で、まつ毛が恥じらいに震えている。

唇が重ね合わされた瞬間、二人の時間が再び止まった。

「ん……んん……」

プリプリとした唇を吸いあげると、美咲が鼻の奥で可愛らしくあえいだ。

（美咲さん……好きだよ……）

愛しさを募らせながら、唇の隙間に舌を挿し入れる。そのとたん、美咲の身体から力がぬけ落ちた。

ネットリと舌に絡まってくる甘い唾液をすする。その感覚が新鮮だった。

美咲も身体を熱く火照らせて、激しい欲望のとりこになっているのではないだろうか。そう思うとたまらなくなって、美咲の口内に唾液をぬりつけるように、ネロネロと激しく舌を動かしてしまう。

「んんんっ……はあんっ……」

熱い吐息を吹きこぼして二人の唇が離れると、止まった時間が動きだした。

「今の美咲さんの姿を……俺に撮らせて……」

耳元に口を近づけて、ねだってみる。

美咲が驚いたように身体を離し、美顔を可憐にゆがませてイヤイヤというように首を振った。

細い肩が震えるのに合わせて、唾液に濡れた唇も艶めかしく震えている。

「俺を信頼してくれているなら、その手を離して……」

今度は真っ直ぐに美咲の顔を見据えながら語りかけた。

その言葉を聞いた彼女の表情に、動揺とためらいがよぎる。

「こ、光太さん……」

可憐な唇が薄っすらとほころぶ。

「私の……この姿を撮影したら……そうしたら勝てるでしょうか？」

恥じらいに潤んだ瞳で必死に訴えるような美咲の表情がいじらしかった。

「美咲さん……俺を信じて」

情熱の眼差しを美咲に向けて、光太は力強くうなずいた。

自分が見たいと思うものを撮影する。そして、自らの感動をフィルムに焼きつけられた時、初めて誰もが感動してくれる写真になるのだ。

光太がカメラを構えると、美咲は一瞬ひるんだように身体をこわばらせた。

しかし次の瞬間、ファインダーの中で胸にあてがわれた腕がゆっくりとおろされていく。

（ああっ！）

光太は驚愕に打たれて、カメラを手から滑り落としそうになった。

清楚な美貌を裏切るほどに大きな肉房が、形もあらわに突きだされたのだ。

しかも、乳輪が丸く透けだして淡い桃色がにじみ、とがり勃った乳首がプチプチと薄布を持ちあげている。

その桃色の先端からポタリ、ポタリと水粒が滴り落ちるさまは、まるで大ぶりな水蜜桃が果汁を吹きこぼしているかのようだ。

（す、すごい……美咲さんの身体の秘密がこんなに……）

感動が背筋をゾクゾクとしびれさせた。

他の誰にも見せたくない、誰にも渡したくない麗しい肢体だった。

「は、恥ずかしい……」

声を上ずらせながら、この間が耐えられないといった風に美咲が顔をそむける。

そのとたん、雪白い頬から首筋、そして鎖骨にまで羞恥がおよんで、美しい肢体が桜色に染め変えられていく。

雨が小降りになっていた。次第に遠くの空で明るさが回復していく。

「美咲さん……」

呼びかけに応えて、美咲がレンズに顔を向けた。濡れた身体のなにもかもを光太に委ねるかのごとくに、ふくよかな乳房を突きだし反らせる。

この瞬間、カメラ越しに見つめ合う二人は恋人同士になっていた。

（俺は勝てる！　いや、絶対に勝って、今度は美咲さんのヌードを撮影するぞ！）

光太は勝利を確信しながら、シャッターに指をかけた。

カシャ！

シャッター音が光太と美咲のそれぞれの耳に、そして胸の内に深く届いていた。

その直後、光太は軒先を勢いよく飛びだした。

いつの間にか、雨はあがっていた。

空には吉兆のように夕日が燃えあがり、海を赤々と照らしている。

「俺は美咲さんが好きだああ！」

カメラを頭上高く突きあげ、海に向かって大声で叫んだ。

「俺は勝つぞおおおっ！　うおおおおおおーっ！」

光太は軒先にあわてて駆け戻ると、美咲の手を引いて海へと走りだした。

赤く染まった砂浜に、二人の影が長く尾を引く。

それが、いつしかひとつに重なり合うころ、燃えさかる情熱の炎が海の青に溶けこみはじめていた。

第六章 年上アルバム 恥じらわせつつ脱がせつつ

1

いよいよ決戦の日を迎えた。

この日のために人事を尽くした光太には、どこか清々しいような気分と、キリキリするような勝負への昂揚感が相半ばしていた。

勢いこんで教室の扉を開ける。すると、例によって光太を無視して、とり巻きと談笑しているライバルの姿がそこにあった。

(西園寺のヤツ、余裕だな……)

ライバルの馬面を横目に、田中のいる窓際の席に座る。それから、おもむろに教室を見渡した光太は、とたんに焦りを感じた。

ゼミに出席している学生の姿が、いつもより少ないのだ。

西園寺の一派は四人。こちらの味方は田中のみ。中立の学生は三人である。

（頼む……誰か来てくれ。一人でいいから……）

そんな光太の願いも虚しく、最後に姿を見せたのは教授であった。

「おい、山田……山田……」

田中の声だった。あっちを見てみろとばかりに、窓を指差している。

だが、今はそれどころではない。西園寺が教授に事情を説明している最中なのだ。

光太と西園寺、それぞれの作品の優劣を学生の投票によって決めたい。そんな申し出を、教授は興味津々といった面持ちで聞いている。

だが、それでよいわけもなかった。田中と中立の学生すべてが味方してくれても引き分けにしかならないのだ。最初から勝ち目のない闘いをするようなものだ。

「山田……下を見ろ……下だ！」

田中があまりにもしつこく言うので、光太は席を立ち窓から下をのぞき見た。

「あっ！」

思わず驚きの声をもらして、光太は目を見張った。

窓の下から祈るように教室を見あげ、千切れるほど健気に手を振っているのは、誰あろうあの美咲である。白いブラウスも目にまぶしい麗しの姿だった。

（もう一人……俺には味方がいた……）

光太は胸が震えるような感動をおぼえていた。もちろん、美咲は投票に参加できない。しかし、心強い援軍の登場で心は決まった。

（勝ち負けは時の運だ……それに、勝負がはじまる前から、俺はもう勝っているようなものだからな）

そんな風に考えたのだ。

美咲に満面の笑みをかえしてから、振り向きざまに口を開く。

「先生……勝負をはじめましょう！」

そう言ってから席に着いた。たくましく成長した親友の姿を、田中は尊いものでも見るように目を細めてあおぎ見ている。

教授の指名で先攻は西園寺に決まった。

「おおっ！」

西園寺の作品を目にした学生たちから、歓声と嘆息が入り混じった声があがる。

幻想的で美しい写真だった。

純白の衣裳に身を包んだ美咲が、レースのショールを羽のようにひろげている。その姿は、今にも飛び立とうとしている天使のようだ。

そして、美咲が見あげる空には黒い機影が写りこんでいる。西園寺はファインダーの中に旅客機が飛びこんでくる瞬間を辛抱強く待ったのだろう。

光太は体の震えが止まらなかった。

感動したのだ。もちろん写真にも感動した。美咲の美しさにも興奮をおぼえる。しかしなにより、これほど見事な写真を撮ることができるライバルを得たことに、感動しきって体を震わせていたのだ。

(そうだ、西園寺！ そうこなくっちゃな……)

光太は立ちあがった。感動の震えが武者震いへと変わる。

田中が再び心配そうに見あげてくる。

これは明らかに不利な闘いだ。最初から勝利はない。しかも、西園寺の見事な作品の後で、それを上まわることなど無理だという雰囲気に教室は支配されている。

光太は高鳴る胸の前で写真をかかげると、やにわに言い放った。

「俺の写真を見てくれ！」

その瞬間、教室にいる誰もが息を呑んだ。

それは、美咲の表情を写しとったモノクロのポートレイトだった。

風になびく黒髪。きらめく大きな瞳。薄っすらと開いた可憐な唇。

極めて美しい女性の肖像写真。そう言ってしまえばそれまでだったかもしれない。

しかし、それを見た学生たちは一様に瞳を輝かせ、あるいは口をアングリと開け、はたまた涙ぐみさえして一葉の写真に魅入られている。

写真の中の女の表情には、ある一瞬にしか見られないキラメキがあった。

恋に落ちたその瞬間、雷光がひらめくように訪れた人生最大級の幸福な一瞬。

その劇的なコンマ数秒を、カメラは鮮やかに切りとっていた。

清らかに見開かれた瞳から、今この瞬間にこぼれ落ちた涙の一滴が、あたかも大粒のダイヤモンドのように、はかない青春の輝きを彩っている。

(こ、この勝負……たとえ負けたとしても、俺に悔いはない！)

あの時、最後に撮影した美咲の濡れた肢体は、光太の一存でお蔵入りさせた。

正直なところ、ヌード以上に艶めかしい美咲の姿を誰にも見せたくないという気持ちもある。だが、この写真こそがベストショットだという信念があった。

最善でも引き分けしかない闘い。それでも、心は晴れ晴れと澄み渡っている。

光太と西園寺を除く学生が、勝者と思う方の名前を投票用紙に書きこむ。そして、運命の八票が教授の元に集められる。

教室は水を打ったかのようにシーンと静まりかえった。

「西園寺！」

最初の一票が教授によって読みあげられた。

「西園寺！　西園寺！」

つづけざまに西園寺の名前が呼ばれる。

（こ、これで西園寺に三票か……）

わかってはいたことだが、光太は焦りをおぼえて開票の行方を見守った。

「山田！」

ようやく入った一票に光太はホッと胸をなでおろす。

（よしよし……勝負はこれからだ！）

そう思った矢先だった。

「西園寺！」

西園寺に四票目が入る。

もはや、一票でも西園寺に入れば光太の負けが確定する。

顔面を蒼白にさせた光太とは対照的に、西園寺は余裕の表情だ。

「山田！」

すぐさま、光太が巻きかえす。

「山田！」

起死回生の二票が加えられた。これで西園寺が四票、光太に三票。

勝負の行方は、ついに最後の票に委ねられた。

（美咲さん……どうか俺に力を……）

心静かになるよう、光太は瞳を閉じて美咲をひたすら思った。

「山田！」

教授の声が教室に響き渡った瞬間、光太はどっと力がぬけ落ちていた。

勝ちに等しい引き分けだった。

だが、引き分けには違いない。湧きあがるような悦びとは無縁の安堵感が、光太の体から力を奪っているのだった。

一方の西園寺も、表情では冷静さを装ってはいるものの、内心おだやかでないはずだ。結局は、とり巻きからしか票が集まらなかったのだから。

「決着は先生が決めてください……山田、それで恨みっこなしだ。いいな？」

必死に抑制を効かせた西園寺の声がした。

「おう！　望むところだ。先生、お願いします」

光太は息を吹きかえしたかのように、気合充分で呼応する。

「投票するのは、やぶさかではないが、まだ投票していない者がいるだろう」

教授はそう言うと、静かに言葉をつづけた。

「おまえら二人だよ。西園寺、山田」

光太はきょとんとして、教授の言葉を聞いていた。

（こ、こんなこと意味ないだろう……）

そう思いながらも、配られた用紙に自分の名前を大書する。選挙に立候補した候補者が自らに投票する時は、こういう気分なのだろうか。

それぞれが投票用紙を教授に渡して席につく。

「山田光太！」

一票は当然だった。フルネームで名前が呼ばれたのは、それが光太の書いた票だったからだろう。

つづけて票が開かれる。その一瞬、教授は驚いたように投票用紙をのぞきこみ、光太と西園寺の顔をそれぞれに見比べた。

「山田！」

教授が再び名前を読みあげた瞬間、光太はなにが起きたのか理解できなくて、教授の顔を見つめてから、落ち着きなく教室に視線をうろつかせた。

そして、ハッと気がついたように立ちあがると、西園寺をにらみつけた。

「ふん……恨みっこなしだ……」

そう言うと、西園寺は椅子にふんぞりかえって視線を外した。

「て、てめえっ！　なにカッコつけてんだよ！」

光太は吐き捨てるように叫ぶと、西園寺に突っかかり胸倉を締めあげていた。

「待て、山田っ！」

教授が一喝する。

「私も今回は山田に一票だ！　山田、胸を張って勝利を認めろ」

教授によって、光太の勝利が高らかに宣言された。

（勝った！　俺は西園寺に勝ったんだっ！）

走馬灯のように、これまでの出来事が頭の中を駆け巡っていく。恩師からカメラを受けとった時の感動。桃子との悩ましい特訓。椅子に縛られていた田中の姿……。

この時になって初めて、光太は勝利の実感を噛みしめていた。

「これで終わったと思うなよ。勝負は卒業までつづくんだ。いいな、山田！」

そう西園寺がうそぶいて、胸倉にかかった手を振り払った次の瞬間だった。

鮮やかな右ストレートが馬面に炸裂していた。

サングラスが勢いよくふっ飛び、西園寺がもんどり打って椅子から転げ落ちる。

「西園寺！　これで、おあいこだっ！」

床に崩れたライバルに向かって光太は叫んだ。

長いあごに手を当てながら、西園寺がふっとキザに笑った。

（こいつも、俺と同じで写真が好きなんだな……）

勝利を放棄してライバルに票を投じた潔さは、写真への真摯な態度を貫いただけなのだろう。結局は西園寺も写真に熱い思いを託した同志なのだ。

（あっ……美咲さん……）

つかの間、男の世界に酔っていた光太は、我にかえると教室を飛びだした。

案の定、健気な美咲は祈るように窓を見あげたまま、光太を待ってくれていた。

「美咲さん！」

写真学部棟の入口に光太が姿を現わした瞬間、彼女はなにもかも理解したのだろう。その場にヘナヘナとしゃがみこみ、美顔を両手で覆い隠した。

「泣かないで！」

光太はあわてて駆け寄ると、美咲の手をとった。

美貌が涙でくしゃくしゃだった。白い頬をキラキラと濡らし、少女のように泣きじゃくるその姿が愛しくてならなかった。

ふと教室を見あげると、教授をはじめ西園寺を除くすべての学生たちが窓辺にずらりと肩を並べ、二人の様子を見守っている。

その中には、人目もはばからず声をあげて男泣きしている田中の姿もあった。

(な、なんで田中まで泣いてるんだ……)

光太はこれ見よがしに、美咲の肩をひっしと抱き寄せた。

「ねえ、美咲さん。聞きたいことがあるんだけど……」

「は、はい……なんでしょう?」

涙で潤みきった瞳をあげ、美咲が可愛らしく小首を傾げる。

「田中の尻だしダンスってどんなだったの？」

「ん……それは……田中さんの名誉のために内緒です」

その瞬間、美咲の顔に笑顔が戻った。涙に濡れていようとも天使の微笑だった。

「そっか……ま、いいかっ！」

光太は美咲の肩にしっかりと手をまわし、誇らしげに大学の正門をぬけた。

こうなれば、勝者は去るのみだった。

2

大学近くのカフェには明るい光が射しこんでいる。

そして、窓辺の席には無言で見つめ合うカップルの姿があった。

最初はあれほど沈黙が気まずかったのに、今では言葉など不要だった。

(またこうやって美咲さんとカフェで一緒にいられるなんて……)

光太は勝利の余韻にひたりながら、戦利品を愛でるように美咲を見つめた。

頬に薄っすらと残る涙の筋が、透明な美しさに純真な彩りを添えている。

(こ、こんなに可愛い子を賭けて闘ったなんて、俺もバカだよな……)

今にして思えば、本当に無謀な勝負だったと思えてくる。

くっきりとした二重まぶたに、クリクリ輝く大きな瞳。ぷっくりと可憐に膨らんだ赤ちゃんのような頬。艶やかな光を放つセミロングの黒髪……。見れば見るほど、クラクラと目もくらむほどにキュートな天使だ。

「勝ったんですね……」

うっとりした表情で美咲が言葉をもらした。

「うん。勝ったよ……」

光太も夢のつづきをさまよっているような気分で相槌を打つ。

「これで……また、光太さんに写真を撮ってもらえるんですね」

麗しい唇からこぼれでる言葉には、甘えが溶けだしている。

「うん。俺はもっともっと美咲さんの写真を撮りたい。今しか撮れない姿をフィルムに焼きつけておきたいんだ」

光太の熱心な言葉に、美咲は酔ったように耳を傾けている。誰が見ても、その表情は恋する女のそれでしかなかったことだろう。

「将来はプロのカメラマンになって、女優になった美咲さんを撮影するからね」

柄にもなくキザな台詞を言ってしまって、光太ははにかんで笑った。

その言葉を聞いた美咲は、心の底から嬉しいという風に極上の艶微笑をあふれさせてくれる。

「二人きりになれる場所で撮影したいんだけど……」

そっと、つぶやくようにして光太が言った。

本当は撮影にかこつけて、甘い時間を味わいたいだけだった。

「こ、これからですか？」

美咲は虚を衝かれたといった感じで、長いまつ毛をパチクリとまばたいた。

「うん、今日これから……撮影させてくれるかな？」

あわよくば彼女のヌードを撮ってみたい。そんな邪心を見透かされないかと、恐る恐る表情をうかがってみる。

「は、はい……よろしくお願いします」

けれど、頬をチェリーピンクに染めて、美咲は愛らしくうなずいてくれた。

（や、やった！　今日こそは、俺にしか見せてくれない姿を激写するぞ！）

居ても立ってもいられぬような昂揚感が光太の体を包みこむ。

「じ、じゃあ……行こうか」

二人は静かに立ちあがると、光があふれたカフェを後にした。

（ラブホテルってこんな風なんだ……）

扉を開けた瞬間、光太は少しだけ期待を裏切られたような気分で部屋を見渡した。

煽情的なピンクの看板から、もっと猥雑なイメージを膨らませていたのだ。

回転するベッド、鏡張りの壁、ガラスで仕切られたバスルーム……。

けれど、実際には華美な装飾もなく、備えつけの調度も思ったより上品で、シティホテルとそう変わらないかもしれない。

「こういう場所は初めて？」

「は、はい……」

薄暗い部屋に足を踏み入れたとたん、美咲は身体をこわばらせて、奥へ進もうとしなかった。その視線は大きなベッドに注がれているようだった。

「あっ、安心して……俺も初めてだから。っていうか、それだと逆に不安かな？」

「いえ、でも……」

喉をつまらせたその声からは、痛々しいほどの緊張感が伝わってくる。

目元をほんのりと紅く染め、乱れる呼吸を必死に押し殺そうという風なのだ。

「大丈夫、撮影するだけだから……」

とは言えど、光太の心もまた激しく乱れていた。

間接照明に妖しく照らしだされたダブルベッドからは、その目的に使用されるにふさわしい淫靡な雰囲気が漂ってきている。

（美咲さんとラブホテルにいるんだな……）

　そう思うと、撮影という大義名分などかなぐり捨て、速攻で口づけをかわしたかった。強引にベッドに押し倒し、下心全開モードに突入したかった。

　だが、美咲がホテルについて来てくれたのは、光太への信頼があるからだ。

（焦っちゃダメだ……ここまで来て美咲さんに帰られたらどうするんだよ）

　光太はそう自分をたしなめながら、部屋の奥にある鎧戸を開け放った。はめ殺しの曇りガラスから射しこんでくる光で部屋が満たされていく。

「カメラをセッティングするから、ベッドに座っていてね」

　入口で細い肩を震わせている美咲に優しく声をかける。

　美咲はそろりそろりと部屋を進み、ベッドに浅く腰かけた。だが、いかにも落ち着かなげに瞳を泳がせては、ふうと悩ましいため息をつく。ブラウスの内側で、ふくよかなバストが呼吸に合わせて波打つ様子が彼女の心を如実に表わしていた。

（お嬢様だから……本当にこういう場所は初めてなんだろうなあ）

　美咲の初々しい反応がどれもこれも嬉しくて、光太の股間はビクンビクンと脈打ちながら太さを増してしまう。

（や、やる気満々だな。我が息子ながら先が思いやられるなあ……）

　シャツで股間のテントを隠しつつ、美咲にカメラのピントを合わせる。

　シンプルな白い長袖ブラウスに、ふわっと裾がひろがったクリーム色のロングスカートを合わせた姿は、やはりお嬢様らしい優美さが香り立つようだった。

「今日も白が似合っているね……可愛いよ……」

絞りを調節するかたわら、さりげなく美咲を褒める。

「ありがとうございます。最近は白のお洋服をいつの間にか選んでいるんです」

薄い上唇をやんわりと突きだして、美咲がはにかんだ微笑をこぼした。

（そうか。俺のためにいつも白を……ってことは、今日も下着は白かなあ）

ふと北風と太陽の話が脳裏をよぎって、光太はカウパー液をちびらせた。

汚れを知らぬお嬢様は、言ってみれば難攻不落の堅城だ。いかに攻め落とすことができるか。修行の成果が試される時が、ついに来たというわけだ。

「撮影準備完了。さてと……」

沸きあがってくる劣情を必死に押しこめ、平静を装いながら言ってみる。

「じゃあ今日は……着ているものを脱いでもらおうかな」

「えっ!?」

その瞬間、つぶらな瞳をまん丸に見開いて美咲が美顔をあげた。

あまりの驚きで、身体がベッドで弾むほどだった。

「美咲さんの下着姿を撮影したいんだ……ダメかな？」

「そ、それはダメ……」

はかなげに首をフルフル振りながら、か細い声で拒絶する。

「どうして？　下着だと思うから恥ずかしいんだよ。そうだ……水着撮影だと思ってごらん。そう考えたら、恥ずかしさも薄れるだろうからね」

光太は言葉を弄して、なんとか美咲をなだめすかそうとする。

本音を言えば、美咲の恥じらう姿がもっと見たくてしょうがなかった。水着ではなく下着だからこそ、男の欲望もくすぐられるのだ。

「で、でも……」

美咲は羞恥にたじろいで、モジモジと身体をくねらせている。しかし、一瞬ためらいの色が表情に浮かぶのを光太は見逃さなかった。

「じゃあ、まずはブラウスから脱いでくれるかな」

他に選択肢はないのだ。そんな毅然とした態度で、光太はカメラを構えた。

「ほ、本当に……撮影するだけですよね？」

その美咲の震え声に、無言でうなずくのが精一杯だった。

痛々しいほど健気で可憐な表情に、興奮がこみあげてきて仕方がないのだ。

美咲は追いつめられたといった様子で、スレンダーな肢体を震わせている。

だが、カメラを前にして気持ちを決めてくれたのか、震える指をブラウスのボタンにかける。

「ふぅ……」

光太は興奮で熱くなった息をもらすと、ベッドに座った美咲の胸元を凝視した。

パールをかたどった小さなボタンが、ボタンホールからぬきとられる。

すると、V字に開いたブラウスの襟元から、匂い立つような白い素肌が垣間見えた。

鎖骨の下からはじまる傾斜が、秘められた大ぶりな膨らみを予感させ、甘やかな期待が光太の胸にひろがっていく。

「ああっ……綺麗だよ……」

その声は興奮に上ずって、異常なくらいに震えてしまっていた。

カシャ！　カシャ！　カシャ！

やり場のない欲望をシャッター音に換えて、美咲の白い肢体に浴びせかける。

「あんっ……」

その瞬間、美咲は唇に人差し指を咥えて、苦悶するように美貌をそらした。

シャッターの無機質な響きに、ひどく動揺したようだった。

「さあ、ブラウスを脱いで。美咲さんがあまりにも綺麗だから、カメラがもっともっとせがむんだよ」

己が欲望をカメラのせいにして、言葉巧みに美咲の身体を火照らせる。

その声に、熱に浮かされウルウルと濡ればんだ瞳が光太を見あげた。

今にも涙があふれだしてしてしまうのではないかと思った時だった。美咲は火照った身体を冷ますかのように、細い肩からブラウスを滑り落とした。

「ほおおぉぉ……」

興奮の吐息に驚嘆の声をかぶせて、ファインダーをのぞきこむ。

純白のブラジャーが姿を現わしていた。美咲らしい清楚な下着だった。

しかし、レーシーなブラを突きあげた美肉は隠しようもないほど豊かに迫りだし、ファインダーが純白の小山で占拠されてしまう。

（な、なんて綺麗なんだろう……北風になって力ずくでブラをもぎとりたいよ）

そう考えると、ブリーフの中で若茎がヒクリヒクリと打ち震える。

すぐにでも勃起を握りしめ、いきり勃つジュニアと感動を分かち合いたかった。

「こ、光太さん……そ、そんなに見つめられたら、私……」

桜色に染まった清らかな面立ちが、切なげに引きつった。

黒髪の間から可愛らしく顔をのぞかせた耳の羽までもが真っ赤に燃えたっている。

カシャ！　カシャ！　カシャ！

素肌がさらされるに従って、シャッター音もさえ渡る。

それと同時に美咲の羞恥が桜の蕾のごとくに膨らみ、光太の勃起もグングンと膨らんでいく。

「美咲さん、スカートも脱ごうね……もちろんパンストもだよ」

「そ、そんな……光太さん、これ以上はダメです……」

イヤイヤをするように首を横に振ると、胸元の柔肉がプルプルとゆれ弾んだ。

「安心して……写真は誰に見せるわけでもないから」

「で、でも……」

美咲の声は今にも消え入ってしまいそうなほど弱々しい。

「俺に美咲さんの下着姿を撮影させて欲しいんだ。これはね、今日という日の記念だよ。今日を二人の記念日にしようね」

キザな言葉の後で、光太はいくらかヤマしいような気がしてきていた。これでは、清純な美咲を口先だけで丸めこもうとしているナンパ師のようではないか。

しかし、驚いたことに、美咲は美貌を縦にこくんと振ってくれた。

(や、やった……俺はナンパ師なんかじゃない。カメラマンなんだ)

光太の言葉が燦々と光を降りそそぎ、美咲の身体を火照らせているのだ。

「二人の……記念日ですね……」

恥じらいで潤みきった瞳を伏せて、美咲が立ちあがった。

カメラ越しの淫ら目線を耐えるように唇をキュッと噛みしめながら、スカートのホックを外し、ファスナーがおろされる。

だが、どうしようもない羞恥がためらいを生むのだろう。深いため息を吐きだしては、思いきれないといった面持ちで哀願するような眼差しを向けてくる。

「好きだよ……」

光太は背中をそっと押してやるように、胸の内で燃えさかる言葉を口にした。

すると、美咲の瞳がトロンと甘くとろけて、唇が艶めかしく半開きになった。その次の瞬間だった。

しなやかな長い脚を滑るように、スカートがストンと床に脱ぎ落とされた。

（うわああっ！　やっぱり白だ！）

光太は凄まじい興奮にブルリと身震いした。

レースで飾られた純白のショーツが目にもまぶしかった。はちきれそうな腰まわりをやっと覆う小さな天使の布切れだった。

ストッキングが巻きとられると、ナイロンの内側から肉感的な太腿がムチムチと弾けだす。その透き通るような素肌の白さに、光太は陶然と見入っていた。

しかし、ボーっとしている場合ではない。シャッターチャンスの連続なのだ。

カシャ！　カシャ！　カシャ！

細い首筋や二の腕と、みっちりと美肉が重なり合った爆裂乳房。

キュンと絞りこまれたウエストと、まろやかに裾野をひろげるヒップライン。

たっぷりと脂を乗せて張りつめている太腿と、ほっそりと引き締まった足首。

(ああ、美咲さん……パーフェクトだよ！　これはミラクルだよ！)

美咲のパーフェクトな艶ボディがミラクルなのではない。

それを自分が目の当たりにしていることが、奇跡だと思えてならないのだった。

3

「す、すっごく綺麗だよ……」

そう言いながら美咲の震える手を引いて、窓に向かって立たせてみた。

燦々と光を浴びた肢体が、陶磁器のように白くまばゆいばかりに輝きはじめる。

(お、俺……本当に勝ててよかったな。あと二枚脱がせたら……)

まだ見ぬ美咲のヌードを思い浮かべると、股間に熱い血潮が流れこんでいく。

「じゃあ、少しポーズをつけてみようか」

いよいよここからがカメラマンとしての腕の見せどころだ。

下着姿で立ちつくし、心細そうに瞳をうつむけている美咲の肩にそっと触れた。

ビクッと過剰に身体を反応させて、不安に曇った眼差しが光太に向けられる。

「ストラップを少しだけずらすよ……」

華奢な肩からストラップがずり落ちる。

「はっ……」

桃色吐息が美咲の唇からこぼれだす。

光太はもう一方のストラップにも手をかける。しかし、ただストラップをさげるだけでは、もはや満足できなかった。

カップがめくれてしまうくらいに強くストラップを引きおろしていた。

「あんっ！」

美咲が艶声をあげて、あわててブラジャーを押さえつける。

しかし一瞬、めくれかえったカップから、薄桃色の乳冠がわずかに垣間見えた。

（うぐっ！）

ズキンと股間に直撃弾を食らって、男汁が大量湧出してしまう。

「そ、そのまま……そのまま動かないで」

光太はさっと体を離すと、あわててファインダーをのぞきこんだ。

胸を必死に守ろうとする気持ちが、美咲の手に力をこめさせるのだろう。美乳が絞りだしたように盛りあがり、真っ白な山肌に青い静脈が透かし見えている。

カシャ！　カシャ！

今にも深い乳房の谷間に吸いこまれてしまいそうになりながらも、光太は無意識にシャッターを切っていた。

「あんっ……は、恥ずかしいです……」

美咲は優美な眉を八の字にたわめ、可憐な苺リップをきつく結ぶ。

その切なげな表情が光太の胸を打ち、初々しい反応が勃起をガツンと痛打する。

（お、俺は……も、もう限界だ……ここは北風攻撃だな）

再び美咲に近づいて、無言で横にまわりこむ。

胸が激しく高鳴った。だが、もう自分を止められない。美咲の背に手を伸ばすと、いきなりブラジャーのホックを外していた。

「い、いやんんっ！」

かすれた悲鳴とともに、美咲がとっさに背中を丸めた。

しかし、許すまじとばかりにカップをつかんでブラジャーをぬきとる。

「きゃ！」

美貌を凍りつかせて、美咲が両手で乳房を覆い包んだ。

しかし、小さな手のひらでは到底隠しきれないほどに大ぶりな乳房は、その大部分を指の間から余りださせていた。

愛らしい唇がワナワナと震え、頬に燃えるような赤みが増していく。

さらされた胸元にも火照りがひろがり、雪白い肌がわずかに桜色を帯びている。

（の、残るは天使のパンツ一枚だけだな……）

光太は最後の布切れに手をかけた。欲望の熱風が体の中を吹きぬけていく。

「こ、光太さんっ……ダメっ！」

その瞬間、美咲はすがりつくような媚声をつまらせ、細い身体をよじった。

「大丈夫だよ……脱がせたりしないから」

「ダメっ……ダメっ……」

眉根に可愛らしい縦ジワを刻んで、美咲は必死になって首を横に振る。

白雪のようなお腹が、荒い呼吸をするたびに振幅していた。それに合わせて、豊かな乳房も波打つようにゆれている。

「下着の撮影っていう約束だものね。少しおろすだけだから……」

その言葉に唖然として、美咲は光太の顔を見つめた。だが瞳には力がない。プルプルと裸身を弱々しく震わせ、黒目を哀切に潤ませている。

「俺を信頼して……」

そう言いながらショーツの両端をグイッと引きさげた。

一瞬、白い丘に黒い影が幻のように現われ、すぐさま上から手の甲が重ねられる。

あまりの驚きに声も出ないといった有りさまで、美咲は頬を痙攣させるばかりだ。

「動いちゃダメだよっ！」

すぐに離れてファインダーをのぞきこむ。

(ああっ! な、なんて恥ずかしい格好なんだ……)

光太は体中の血が沸きたつように感じた。

隠しきれないほどに豊かな乳房を二の腕でかばい、陰部を手のひらで懸命に守ろうとする美咲のいじらしい姿は、めまいがするほどの悩殺媚態だったのだ。

唯一残された純白のショーツは、太腿の最も太い部分に細く丸まって、申し訳程度に巻きついている。これを称して、下着姿の撮影だと光太は言い張るつもりだった。

カシャ! カシャ!

瞳を硬く閉じて痛みに耐えているような表情が、清楚きわまる美貌に情感の彩りをあたえている。

「可愛いよ……ほら、手を外して。恥ずかしくないよ」

光太はカメラを構えたまま、気持ちを有りのままに伝えようとした。

「最高に綺麗だよ……美咲さんは俺の天使だ。もっと見せて」

言葉が連ねられるたびに、少しずつ美咲の表情に変化が表われはじめていた。恥辱に震える美貌が、甘くとろけるようなはにかみへと変わっていく。

「俺が美咲さんを綺麗に撮ってあげる……さあ」

その声に励まされるように、美咲は胸を覆っている手をゆっくりとおろしていった。

「ああっ！」

あまりの艶かしさに、光太はカメラをおろして息を呑んだ。

その姿は、白くなめらかな素肌という衣裳を身につけた美乳の天使だった。みずみずしい果実を思わせるような二つの丸い肉が、目の前に迫りだしている。その生々しさは、濡れた着衣から透けて見えていた乳房の比ではなかった。

（こ、これが美咲さんの……お、オッパイか……）

感動に瞳を輝かせ、じっとりと柔肉を凝視した。

清楚な面立ちに似つかわしくない豊満すぎる乳房は、まるで糸で吊りあげられたようにツンと上向きに反っている。

雪肌の頂きを飾る乳輪は、肌に溶けこんでしまいそうなほど淡い桃色をしていた。神々しいまでに清らかな乳房と対をなす小粒な乳首が可憐で愛らしい。

（す、すごい……な、なんて綺麗なオッパイなんだ）

丸のまま空気にさらされた美肉を食い入るように見つめた。桜色の乳頭を舐めまわすように、露骨な淫ら視線を送りつづける。

美咲が股間だけはと必死に隠そうとすればするほど、V字におろされた腕の間で乳房が縦長につぶれて卑猥な形に突きだしてしまっている。

カシャ！　カシャ！　カシャ！

ついにフィルムに焼きつけられてしまった恥じらいの双乳。

光太はモッコリも激しいまま無我夢中で撮影した。こんなチャンスを逃したら、それこそカメラマンとして失格だ。

しかし、これからという時なのに無情にもフィルムを巻きとる音が部屋に響く。

熱気をはらんだ部屋に空白の時間が訪れ、美咲がふりしぼるように声を発した。

「わ、私ばかりこんな……は、恥ずかしいです……」

「そっか……」

素早くフィルムを装填してからカメラをベッドに置いて、光太は立ちあがった。

「美咲さんにばかり恥ずかしい思いをさせてゴメンね」

そう言って、着ているものを脱ぎはじめる。

突然のことに驚いたのは美咲だった。なにを勘違いしたのだろうかと、ハラハラ視線をさまよわせ、光太の暴挙を前に呆然と立ちつくしている。

どうだ、これが男の脱ぎっぷりだとでも言わんばかりに、シャツとTシャツを一瞬で脱ぎ捨て、ジーンズを一息におろす。

(カメラマンとしても男としても、俺は合格点をとってやるんだ!)

ブリーフ一丁でいよいよ本領発揮。ここが情熱の見せどころだと気がはやった。

けれど、美咲に軽蔑されないだろうか。そんなためらいが一瞬生まれる。

美咲の言葉を都合よく曲解して、ひとり暴走しているという自覚もあった。

(弱気になるな！　男光太……ここはズバッと直球勝負だ！)

光太はきっぱり心を決めると、思いきってブリーフを引きさげた。

とたんに、肉棒が勢いよく弾けだし、情熱の火柱を燃えあがらせる。

「はあっ！」

美咲は直立した男性自身を見つめ、吐息まじりに感嘆の声をあげた。

愛らしい瞳が驚愕によって大きく見開かれている。

だが、それもつかの間、美咲は反射的に目をそらしてしまった。

「美咲さん……ちゃんと見て欲しい」

「こ、光太さん……ど、どうしてそんな……」

困惑で赤らんだ美顔をそむけたまま、セミロングの髪をなびかせて首を振る。

「と、とにかく……お洋服を着てください……」

哀願する声が弱々しく震えている。

「俺、ずっとガマンしてたんだ……」

光太は一歩も譲らずに、さらした股間を前に突きだした。

ラ・マンチャの勇者のごとく、竹槍一本で白亜の城に挑みかかろうというのだ。

「美咲さんが好きなんだ！　本当は美咲さんを抱きたいんだっ！」

光太の発した魂の叫びとともに、美咲の視線が恐る恐るおりていく。

それはまさに、皮をむかれた可憐な白ウサギが、精をためこんだ太いガマの穂を見つめている、といった光景だった。

美咲は長いまつ毛をフルフルと震わせ、光太の股間を潤んだ瞳で見つめた。

その汚れなき瞳には、先走りに濡れてパンパンにみなぎった赤黒い先端と、太筋を浮かべて隆々と反りかえる肉筒がはっきりと映っているはずだ。

「こ、光太さん……私を撮ってください……」

恥じらい声を震わせて、美咲が股間から手を離した。

その瞬間、白い媚丘にふっさりとした草むらが姿を現わしていた。そこだけが黒く浮きたっているような旺盛な茂みに、光太は目を奪われた。

だが、ナチュラルな形を残したそれは、いかにも初々しい眺めという他ない。

カシャ！　カシャ！　カシャ！

なにものをも寄せつけぬほどの信頼感に結ばれて、美咲の麗しき裸体がフィルムに焼きつけられていく。

裸で見つめ合う二人の間に、あの日の海がよみがえり潮騒を奏ではじめた。

「や、優しくしてくださいね……」

はにかみの色を美貌ににじませながら、美咲が天使の微笑を浮かべた。

キラキラと潤んだ愛くるしい瞳。ツンと突きだされた艶めく唇。

透明な翼をひろげた、とびきりキュートな裸のエンジェルだった。

「か、可愛いよ……」

柔らかな身体を優しく壁に押しつけると、甘い香りが立ちのぼる。

愛しさがとめどなくあふれて、可憐な唇を激しくむさぼり求めてしまう。

「んん……」

挿し入れた舌に、美咲が熱く濡れた舌をネットリと絡めてきた。

「はんっ！」

そっと乳房に手をあてがうと、美咲が唇を離して可愛らしくうめいた。

しっとりと汗ばんだ餅肌が、指の腹に吸いついてくるようだった。

「ああ……や、柔らかい……」

今にも素肌がツルンとむけて、みずみずしい果汁を吹きこぼすのではないか。そう思えるほどに艶かしい生桃が手の中で震えている。

光太は心ときめかせて、果実をもぎとるように指先を食いこませた。

「あくっ……」

清らかに澄んだ瞳が不安に濡れて、光太を見つめている。

(た、たまらない……このオッパイ……食べちゃいたいくらいだ)

スッと豊乳に顔を寄せて、乳首の外堀を丸く舐めまわした。

「はあっ！」

唾液に濡れた乳冠が光を帯びて、ぷっくりと充血を示して盛りあがる。

たまらず、舌を伸ばして可憐な桜の蕾をプルンプルンと弾いた。

「くっ！」

その瞬間、美咲は奥歯を嚙みしめて、必死にあえぎを押し殺した。

快感で声をあげることが、はしたないとでも思っているのだろうか。いじらしいほどに清純だった。男の愛撫を知らぬ身体のようでもあった。

(よおし……俺がいい声で鳴かせてやるぞ……)

光太の闘志にメラメラと火がつく。

乳房の根元をギュッと絞りだし、行儀よく横一列に並んだ乳首を嬉しそうに見つめてから、おもむろに首を左右に振ってプルプルと蕾を舌先でなぶった。

「はあぁぁぁ……」

とたんに、美咲の白い喉から悩ましい嗚咽がもれでる。

（ああ、やっと俺の愛撫に反応してくれた……美咲さん、もっと感じて）

これでもかと、震える小さな果実をチュパチュパと吸いあげ、舌の上で転がした。

それと同時に、青く静脈が透けだした太腿の間に片手を滑りこませる。

「あううっ！」

あまりに唐突な波状攻撃に、しなやかな裸身がビクンとのけぞった。

縫い目に中指を這わせると、ネットリとした感触がまとわりついて糸を引く。

（ああっ！　こ、こんなに濡らして……）

美咲のような清廉な天使でも、花びらをヌルヌルに潤わせてしまうことが鮮烈な感動だった。もっと卑猥な指使いで、愛液をあふれさせたいと思った。

「だ、ダメなの……」

美咲は必死に手を伸ばして光太の腕をつかむと、なんとか指を遠ざけようとする。

そのうろたえ方は、女を濡らしてしまった自分をひどく恥じているかのようだった。

「み、美咲さん……だって、こんなに……」

すかさず、秘裂の間にあふれた蜜を指で弾いて、ピチャピチャと音をたてた。

「い、いやぁ……」

動かぬ証拠をつきつけられた美咲は、耐えがたいという風に腰をくねらせ、意地悪な指戯から逃れようと懸命だ。

「俺だって……こうなっているんだよ」

そう言って、美咲の震える手を自らの股間に導いた。

指先が熱い肉塊に触れた瞬間、美咲が反射的に手を引く。だが、光太はそれを許さなかった。自らの手を上から重ねて、細い指に太い肉棒をしっかりと握らせた。

「硬い？」

「……は、はい」

無垢な瞳に涙を浮かべ、薄く開いた唇から火照りを吐きだすように美咲が返事をする。気持ちが高ぶりすぎて、思うように声が出ないという有りさまだった。

その初々しい反応で、大きくひろがった肉傘の窪みから先走りが噴きだし、美咲の白い指をネッチョリと汚していく。

「俺のも濡れてるだろう？」

「ぬ、濡れています……」

「美咲さんが可愛いから、こんなに硬くなって濡れちゃうんだよ」

そう言いながら、割れ目を縦になぞって指を上下させた。

花唇がまくれかえり、あふれだした蜜液が光太の指をベッタリと濡らしていく。

「はうううううっ……」

羞恥と快感をこらえようと、美咲は杖にすがるようにペニスを握りしめてくる。

（ああっ……俺のチ×ポを美咲さんが……）

灼けつくように股間が熱かった。柔らかな指の中で肉棒がメリメリと体積を増し、亀頭がいっそうパンパンに膨れあがっていく。

それならば、お返しとばかりに充血した花の芽を指先にとらえられた瞬間、美咲が身体を跳ねあげた。

「ひぃぃ！」

官能の声を耳にして、これだとばかりに突起の上で円を描くよう指を動かす。

「だ、ダメぇ……もう、手を動かさないで……」

唇をわななかせ、今にもこぼれ落ちそうな涙を瞳一杯に浮かべながら、美咲がかすかに首を振った。

しかし、女の急所はヒクヒクと震えながら悦びの体液を分泌しつづけている。

「もっと、いやらしい声を出して……ほら、感じて……ほらっ」

「ううぅぅ……そ、そんな……」

硬く芽吹いた肉マメに淫汁をぬりこみ、指の腹で執拗にこすりあげた。

「いやあああん！　はあああぁぁぁ……」

泣き叫ぶような嬌声がほとばしった次の瞬間だった。

美咲の裸身が激しく前後にゆれて、ガクガクと腰を震わせながら光太の胸にしなだれかかってきた。その身体からふわりと汗ばんだ体臭が香った。

（か、可愛い……美咲さん……いっちゃったんだな）

光太は男としての満足感にひたりながら、桜色に染まった肢体を持ちあげた。

「あんっ！」

美咲が光太の肩に腕をまわしてしがみついた。

そのあまりの軽さに驚きながら、お姫様抱っこでベッドへと運ぶ。

ベッドカバーの白い海に、艶やかな髪が波紋をひろげるように流れひろがった。

「カシャ！」

しどけなく寝そべった美麗な肢体に、レンズを向けてシャッターを切る。

性感に上気した愛くるしい美貌。型崩れしないたわわな乳房。ため息が出るほどにシルキーな雪肌。なにもかもが完璧な自信の一枚だった。

気をやってしまった直後のせいで、美咲はまだ性感にたゆとうているようだった。

そんな彼女の太腿から小さく丸まった下着をスッとぬき去ってしまう。

その時、女の淫靡な香りが光太の鼻先をかすめた。純白のショーツの内側にじっとりと染みこんだ粘液が香っているのだ。

（み、美咲さん……ずっと前から濡らしていたんだ）

そう思うと、血液がグラグラと沸騰して、淫猥な衝動のとりこになってしまう。

「もっと、美咲さんを撮影したいんだ……いいよね？」

光太は卑猥な思惑を胸に潜ませて、おだやかな表情で見おろした。

とたんに羞恥がよみがえったのか、美咲は火照った頬に手のひらをあてがって、こくりと美貌を傾けた。

しかし次の瞬間、愛らしい唇から悲鳴がほとばしった。

「い、いやあああぁぁ……」

光太が太腿の裏に手をまわし、美咲の下半身を一気に折りたたんだからだ。

顔の上に自分の脚が乗りかかってくるような淫靡な格好だった。肉づきのよい太腿が、豊乳をグニャリと押しつぶす。

両脚を抱えてさらに高く腰を持ちあげると、後ろ手をついた美咲が凄まじいまでの羞恥に裸身を凍てつかせた。

「きゃっ！　こ、こんなのダメぇ……」

折りたたまれた下半身に喉が圧迫されて、その声は震えかすれていた。

（み、美咲さん、ごめんね……でも、俺……）

美咲は誰もが二度見せずにはいられぬようなキャンパスの天使なのだ。

光太がずっと熱い思いを寄せてきたフォトジェニックなのだ。

そんな彼女が、目の前で天井に両脚を突きあげた局部丸だしの格好になっている。

美咲を我が物にできる悦びに、光太の心は打ち震えた。

「ああっ！　こ、こんなに濡らしていたんだね……」

身を乗りだしてのぞきこみ、興奮で荒げた息を秘唇に吹きかけた。

「は、恥ずかしい……」

こんもりとした肉丘の中腹に、割れ弾けた可憐なフリルが見えていた。

その隙間では桃色の肉裂がキラキラと潤み光り、柔らかそうなヒダの粒々から女の匂いを立ちのぼらせている。

直毛に近い茂みのすぐ下では、包皮に半ばまで姿を埋もれさせたチェリーピンクの真珠がピョコンと突きだして、可愛らしく震え勃っているではないか。

「はあぁ……思った通りだよ……すっごく綺麗だ」

男好きする美しい女陰にじっと目を凝らし、ゴクリと生唾を飲みこむ。

それから、むっちりとした太腿の間から羞恥にゆがんだ美咲の表情に視線を転じ、光太はうっとりと目を細めた。

「もっと、よく見せて……」

そう言うが早いか、濡れ匂う花びらを指で押しひろげる。

「ひいいっ！」

引きつったような甲高い悲鳴が美咲の喉を鳴らした。

想像を超えた衝撃に激しく感電したかのように、宙に浮かせたつま先をピーンと跳ねあがらせる。

「美咲さんの……なにもかもを撮影するからね」

濡ればんだ繊毛に縁どられたピンクの秘裂に、容赦なくカメラを向ける。

「ああ……そ、そんなのダメぇぇぇ……」

ワナワナと震える唇から恥辱の声を発した瞬間に、光太の眼差しと美咲の眼差しがぶつかった。

口では否定していても、ファインダーを通して見られていることが、美咲の性感を激しく刺激しているのは疑いようもなかった。

カシャ！

シャッター音とともに美咲が顔をそむけて唇を噛みしめた。

「ほら、こっちを向いて……可愛いお顔を見せてごらん」

優しく語りかけた声に、女の恥ずかしい濡れ花をほころばせたまま、美咲は健気にも光太を見つめかえした。

カシャ！　カシャ！　カシャ！

何度も何度もシャッターを切った。

淡い色に彩られた船形の器に、みるみる透明な体液が満ち満ちてくる。

その向こうには天使のような美貌が垣間見えていた。奥歯を噛みしめ、ゆがんだ眉の下では愛らしい瞳が欲情の色を浮かべて潤い光っている。

だがしかし、どれほど淫らな姿にさせようと、美咲から清楚な美しさが失われることはなかった。その透明感のある美貌はさらに際立ったように輝きを増していく。

カシャ！

シャッターを切ると同時に、透明な粘液の一滴が垂れ流れ、可憐な菊のすぼまりを濡らした。美咲が海で見せてくれた涙を光太は思い出していた。

（ああ、俺の天使がこんなにオマ×コを濡らして……もう、たまらないよ）

まさに究極の媚態をフィルムに焼きつけた瞬間、光太は全身がブルブルと震えだすのをどうすることもできなかった。

「美咲さん……俺の最高傑作が撮影できたよ」

興奮の熱に浮かされたように光太はつぶやいていた。

他の誰にも見せることのできない写真だった。

それでも、美咲のこれ以上ない美しい姿を写し撮ることができたという思いが、光太の胸に熱くこみあげてきていた。

5

「美咲さん……俺の女になってくれる？」

あまりに愚直で気の利かない言葉だった。

しかし、飾らない本音を言えるのが光太らしさでもあった。

「美咲を……光太さんのものにしてください……」

涙を溜めたつぶらな瞳が見つめてくる。震え声には純情な誠意があふれていた。

「み、美咲さん……」

感動に胸つまらせながら、光太は白い太腿の間に腰を滑りこませると、ゆっくりと灼熱の剛棒を突きだした。

「うくっ！」

熱く濡れた肉ヒダが亀頭に絡みついて、先端がわずかにめりこんでいた。密着した二人の身体を熱気が包みこむ。

だが、すっかり潤っているのに、女肉が男の侵入をはばむように抵抗してくる。

（き、きついな……すごい締めつけだ……）

光太は亀頭で美肉を揉みほぐしながら、奥へと勃起を押しこんだ。

「ひいっ！　い、痛いっ！　待って……お願いっ！」

突然、必死の形相で美咲が首を振った。ほっそりした上半身から脂汗が噴きだして、甘酸っぱい微香が漂い流れる。

光太はその反応に驚きを隠せなかった。

「み、美咲さん……もしかして？」

「こ、光太さん……私……」

苦しそうに肩で息をしながら、美咲が言い淀んだ。

「初めてなんだね？」

恥ずかしさでたまらないといった風に美顔がこくんと縦に振られる。

（う、うわああっ！　や、やったー！）

処女だろうと、そうでなかろうと、美咲への思いは変わらないと思っていた。しかし、いざこうして彼女の特別な存在になれるのだとわかると、とんでもないくらいに心が浮きたってくる。ジュニアも弾けそうなくらいに悦んでいる。

「優しくするからね……」

小躍りするような気持ちを押しこめて、光太は恐る恐る腰を突きだした。

だが、またしても緊縮したヒダが男根を絡め止めてしまう。

「美咲さん……力をぬいてっ！」

覚悟をうながしてから、細いウエストを引きつけて強引に穂先を突きこんだ。

ミチミチっと肉が裂けるような衝撃とともに、押しだされた蜜液があふれだす。

「ひぃぃぃ……」

破瓜の痛みに悶絶する美咲の喉が笛のように甲高く鳴った。

(ああ……美咲さんの純潔を……ついに俺が……)

男を知らぬ粘膜が、みっちりと肉棒に絡みついてくる感触に胸が震えた。亀頭に熱い粘液が染みこんでくるようだった。

「しっかりと目を開けて見てごらん」

「いっ、いやぁ、恥ずかしい……」

だが、彼女は消え入りそうにつぶやいて頰を赤らめ、顔をそむけてしまう。

「ほら、ちゃんと見て。ズッポリと入っているのが見えるだろう?」

美咲の首に手をまわし、汗ばんだ上半身を引き寄せるように持ちあげた。

「は、はい……入って……美咲の中に入ってます……」

はかなげに声を震わせる美咲の裸身が、燃えたつように赤く染まっていく。

潤んだ視線の先では、卑猥な形にひろげられた桃色の秘唇に黒光りする男根がギッシリと埋めこまれているのだ。

「美咲は……もう完全に俺のものだね」

「はあんっ……美咲は……光太さんのものです……」

女の大切な部分を貫かれたまま、光太の顔を見つめかえす美咲の瞳は、清らかな涙で潤みきっている。

肉棒を引きぬくと、ズルズルと内臓もろとも引きずるような感触がした。

「はあああうっ……あああっ！」

眉根に深いシワを刻んで、美咲が叫び声を発した。

白い悦び汁がまぶされた褐色の胴体が、純潔の証しでわずかに赤く濡れている。

（ああ……本当に美咲は俺のものになったんだ……）

その感動の波を、華奢な身体に力強く打ちつけた。

一気に子宮の入口に達するほど、肉竿が深々とめりこんでいた。

「あくっ！　あああっ！　いやぁぁぁ……」

美咲は足の指を反りかえらせ、腰をよじって悶えた。

「すごいっ！　あああっ……」

光太は喜悦に声を震わせる。

一度も男に荒らされていない場所は、男を悦ばせてやまない道だった。狭い膣の刺激をえて男根に力がみなぎり、カリ首が見事なまでに怒張する。

（ああ、た、たまらない……美咲さんを完全に俺のものにしてやる……）

光太はあまりの快美感に恍惚となって、窮屈すぎる蜜壺を夢中で犯しぬいた。

「あんんんっ！　ダメ、ダメぇぇぇ……こ、壊れちゃうぅぅぅ」

美咲は裸身を跳ねかえらせるように腰を浮かせ、苦痛に抗おうとしている。

灼熱を突き刺すたびに、まばゆいほどに白く輝く乳房が奔放なまでに波打った。その先端では桃色の乳首がプルンプルンと可愛らしく跳ねあがる。

「この乳首は誰のもの？」

光太は腰を振りながら、乳首の芯をつまんでコリコリと指で転がす。

「いやあん……こ、光太さんのものです……」

美咲はむきだしになった乳房を自ら見おろし、硬くしこった先端が指の腹でつぶされる卑猥な眺めをいじらしいほど健気に見つめている。

「あくっ！」

美咲の身体がアーチを描くように反りかえった。

乳首をつまんだまま、弾けそうなくらいに勃起した桃色の芽に手を伸ばしたのだ。

「このクリトリスは誰のもの？」

「こ、光太さんの……あああっ！」

ピンクの真珠をこねまわすと、美咲が黒髪を跳ねあげて痺悦に声を震わせた。

「じゃあ、これは？」

ギュンと太さを増した若茎で、濡れた秘肉をメチャクチャにえぐりこむ。

「はあんん……そっ、そんなにしないでぇぇぇ……」

美咲は頬ずりをするように胸板にすがりつき、激しくすすり泣いた。

「ん？　これは誰のもの？」

「み、美咲のオマ×コも……光太さんのものですぅ……」

天使の唇から卑猥な言葉がもれだした瞬間、秘唇からとめどなく蜜があふれて、尻の穴までグッショリと濡らしていく。

グチョッ、ヌチャッ、グチョッ、ヌチャッ……。

淫汁によって奏でられるふしだらな音色が、さらに股間の潤いを濃密にする。

「すごいよっ！　オマ×コ汁がダラダラあふれてるよ」

「い、いやっ！　恥ずかしいぃ……はあぁぁ……」

練りこまれた愛液が白濁して秘唇で泡立っていく。

それにつれて、強情なほどに男の侵入を拒んでいた桃色の器官は次第にほぐれ、抽送がなめらかになっていった。

「はうううぅ……あんっ！　あああぁぁ……」

苦痛にあえいでいた美咲の声が、いつしか官能の嗚咽となって熱を帯びはじめた。

媚肉をグリグリかきまわしながら、膣奥の最も敏感な部分に亀頭を突き当てる。

「ひいぃぃぃ！　変になっちゃうっ！　ああぁっ！」

白いあごをのけぞらせて、美咲があられもない嬌声をあげた。

「いって！　美咲！　ほら、気持ちよくなって！」

光太の額に浮かんだ汗が大粒の水滴となって、あごに流れ落ちる。

「はあんん……いいっ！　いいのっ！　あああああっ……」

未開発の膣道が、悦びの律動をヒクリヒクリとくりかえしている。

凄まじい勢いでペニスを打ちつけた。そのたびに、肉と肉が打ちつけ合うパンッという音が響いて、あふれた蜜が飛散した。

「あああぁぁぁ……いくっ……いっちゃいそう……」

美咲の震える唇を吸いあげる。

(ああ、美咲……可愛いよ……好きだよ、大好きだよ……)

可憐な唇を舐めまわし、舌をねじこんでネッチョリと唾液を流しこんだ。

甘美な口づけが二人の心をしっかりと繋ぎ、二人の肉体を同時に高ぶらせていく。

「あああああっ！　いやぁぁぁ……いっちゃうっ！」

美咲の官能の声が二人の唇を引き離した次の瞬間だった。

「うおおおおおっ！」

勃起がドクンドクンとたぎって、熱く潤んだ膣の内部で脈動する。

「いく、いくっ！　いくっ！　いっちゃうううううう……」

二人の叫びが重なった。

ドクドクとほとばしるスペルマを、雪白く波打つ美咲の腹にぶちまける。

永遠につづくかと思えるようなめくるめく射精だった。大量の精子が吐きだされるたびに、気が遠のくような快美感が体をしびれさせた。

濃密な匂いを漂わせた美咲の裸身は、いつまでも痙攣をくりかえしている。

その瞳からは透明なしずくがこぼれ落ち、キラキラと桜色の頬を濡らしていった。

「ふうぅぅ……」

熱い息を吐きだしながら、光太は愛機に手を伸ばした。ひんやりとしたボディが手のひらに心地よく吸いついてくる。

「ほら、美咲さん……笑って」

美咲の横に体を横たえ、カメラを持つ手を精一杯に伸ばした。

「は、はい……光太さん」

火照った頬を寄せ合って、二人は至福の微笑みを浮かべた。

カシャ！

静かにシャッターがおりる。

桜色の記念写真は、二人だけの秘密のアルバムに貼ることにしよう。

そう光太は思った。

エピローグ

桜が咲き誇る季節になった。
青空に花びらが舞い……美咲さんは、大学を卒業してしまう。
でも、俺がしょげかえっていると思うなら、それは大きな間違いだ。
心のアルバムには、いつまでも色あせない桜色の思い出が満開なんだから。
おっと、そろそろ時間だ。
これから例のカフェで待ち合わせなんだ。もちろん美咲さんと……。

春の光が屋上に燦々と降りそそいでいた。
光太は物思いに耽りながら、明るく照らされたキャンパスを見おろした。
卒業後、美咲はモデルの仕事をするかたわら女優を目指すという。

（俺も負けていられないよな……必ずプロになって彼女を撮影するぞ！）

鼻息荒く改めて決意を固めた、まさにその時だった。

「光太君、見っけた！」

「う、うわっ！」

いきなり後ろから声をかけられ、光太は驚いて振りかえった。

「も、桃子先輩っ！」

「田中君から聞いたのよ。光太君なら屋上にいるはずだって」

「ま、またアイツか……」

モアイ像のような親友の巨顔を思い浮かべて、光太は苦笑いした。

「今日はね……これを光太君にあげようと思って来たのよ」

突然、手にしたカメラを桃子が差しだす。

「ほ、本当にいいんですか？」

「うん……その代わり大事に使ってね。私にとっても思い出のカメラなんだから」

艶めかしい唇から八重歯をのぞかせて、桃子が優しい笑みをたたえた。

「は、はいっ！　大切にします。ありがとうございます」

憧れの高級カメラ、ハッセルブラッドを尊敬する師匠から受けとって、光太は少年のように瞳をキラキラと輝かせる。

「そうそう、美咲ちゃんが所属しているモデル事務所に連絡をとったわよ」

「えっ⁉　な、なんでですか？」

「飯島桃子イチオシの新進モデルってことで、美咲ちゃんのグラビアデビューが決まりそうだから」

光太は驚きに言葉を失い、呆然と先輩の美しい顔を見つめた。

「あら……もっと喜んでくれるかと思ったのに。撮影の時、アシスタントをしたくないわけ？」

「や、やりますっ！　カメアシ、俺にやらせてください！」

光太のあわてふためいた大声が、のどかな午後のキャンパスにとどろいていた。

「ふふふ。じゃあ、みっちりと特訓しなくちゃね。私についていらっしゃい」

「ちょ、ちょっと待ってください。これから俺、デートなんですから」

「いいから、いいから……どうせホテルにしけこんでハメ撮りでもするんでしょう」

そう図星を突かれてしまうと、二の句がつげなくなった。

桃子に腕をつかまれ、引きずられるようにして光太は歩きはじめる。

大切なカメラを落とさないように気をつけながら……。


（完）

Paradise
FRANCE-SHOIN-BUNKO

年上淫情《としうえいんじょう》アルバム　女教《おんなきょう》師《し》と人妻《ひとづま》と先輩《せんぱい》と

著　者　赤星優一郎（あかほし・ゆういちろう）

発行所　株式会社フランス書院

東京都文京区後楽１－４－14　〒112-0004

電話　03-3818-2681（代表）

　　　03-3818-3118（編集）

URL　http://www.france.co.jp

振替　00160-5-93873

印刷　誠宏印刷

製本　宮田製本

ISBN4-8296-1413-7 C0193